書下ろし

時代小説

あわせ鏡

刀剣目利き　神楽坂咲花堂

井川香四郎

祥伝社文庫

目次

第一話　あわせ鏡

一

宵闇《よいやみ》が迫った神楽坂《かぐらざか》はまさに迷路である。入り組んでいる小径《こみち》を歩いていると、ここは何処《どこ》だとふと思うときがある。

後ろを見ても前を見ても、抜け道がないような気がしてくるのだ。神隠しに遭《あ》うという噂《うわさ》の路地もあって、逢魔《おうま》が刻《とき》には避けて通りたくなる。

それが只《ただ》の噂ではなくて、現実に起これば、気味が悪いでは済まされない。親兄弟や友人などは、心配で心配で夜も眠れなくなるというものだ。

芸者桃路《ももじ》がいなくなって二日経つ。菖蒲《しょうぶ》の花の鉢植えを『咲花堂《さくはなどう》』に届けに来て、その帰りに狸小路《たぬきこうじ》の一角にある『近江屋《おうみや》』という呉服屋に行ったことまでは分かっているのだが、そこから忽然《こつぜん》と姿を消して、置屋にも茶屋にも現れていないのだ。

上条綸太郎《かみじょうりんたろう》も桃路の身を案じて、自身番に届け出て、北町奉行所定町廻り同心の内海《うつみ》弦三郎《げんざぶろう》にも、きちんと探すよう頼んである。何か事件に巻き込まれていれば大変だからだ。ただの近所づきあいの女ではない。心から大切に思っている相手だった。

『近江屋』の主人平右衛門《へいえもん》の話によれば、仕立てた着物と帯を合わせるために、桃路は着替え部屋に入ったのだが、そのまま出て来なかったというのだ。

「そんな馬鹿な話があるかいな。まさか、桃路が、新しい着物をこっそり持ち逃げしたとでも言うのか？」

と綸太郎には俄《にわか》に信じられなかったが、同じようなことが、二、三度あったという。着替え部屋は、わずか二畳程の狭い一室であり、襖《ふすま》を閉めて〝どん袋〟になっているから、他から出る所はない。つまり、その小部屋に入ったまま消えたというのだ。もちろん、着物も一緒にである。

その小部屋には姿見の鏡と背中を見るための鏡がもう一台、そして着物を掛けておく衣《い》桁《こう》があるだけで、もちろん窓もない。いや、鼠《ねずみ》が通れるほどの天窓が一つあるが、そこや天井裏から逃げようにも、忍者でもない限り無理であろう。

古い着物は残ったままだから、主人も初めは悪質な持ち逃げかと思ったが、桃路は神楽坂では有名人。しかも、履物《はきもの》は店の三和土《たたき》に置いたままである。何より、店には十人からの奉公人がいるし、着替え部屋は人目につく位置にある。誰も気づかないわけがなかった。

桃路がいなくなって三日目の昼下がり、綸太郎は『近江屋』を訪ねた。何でもいいから手がかりが欲しかったからである。

するると、主人の平右衛門の方から、「いいところに来てくれた、若旦那」と切迫した顔で言い寄ってきた。

「どないしたんですか」

「――あの人です」

と平右衛門が指さす方に目をやると、店の中で、青白い顔をした二十二、三の女が頭を抱えて座っていた。

「何があったのや」

「それが……よう分からないのです。あなたも私のことを知らないのかと言うので、そりゃ頭がおかしいのかと」

「頭がおかしい……？」

「ええ。私はたしかに、ここに来たのだ。なのに覚えていないのかと、懸命に言うのです。どうやら、私の店のことを知ってるようなのですが、私はあの人の顔も知りません」

女は、おみつと名乗って、神楽坂で飾り職人をしている謙作《けんさく》という男の女房だという。屋号は『きぬた』というのだが、そのような店はないと平右衛門は断言した。神楽坂の町衆の肝煎《きもい》りをしている平右衛門が言うのだから間違いはない。

「ふむ……桃路がいなくなった代わりに、妙な女が現れたというわけか」

「若旦那。なんだか、気味が悪いですな。狸小路だけに、化かされてるのではないでしょうか、私たちは。それでもって、『きぬた』などと狸みたいな名の……」

綸太郎は女の顔を何気なく見たが、見覚えはない。おみつの方も、綸太郎の視線を感じたが、見知らぬ人だから、小さく頭を下げただけだった。その切なげな黒い瞳が美しかった。

「この人が、『神楽坂咲花堂』の若旦那、上条綸太郎さんです」

と平右衛門が紹介をした途端、おみつの表情が不思議そうに歪《ゆが》んだ。

「あなたが……あの……？」

綸太郎は二人の思惑を計りかねて、怪訝《けげん》に首を傾《かし》げると、

「この、おみつさんはね、若旦那……あなたの家に住んでいたというのですよ」

「俺の？」

「ちょっと出かけた間に、自分の家が刀剣目利き『咲花堂』に変わっていたので驚いたと」

「どういうことや」

「それが私もさっぱり……」

おみつは不安というより、何かに怯《おび》えた顔になって、小刻みに震えていた。綸太郎が近づくと、その穏やかな表情にわずかばかり安堵《あんど》したのか、こくりともう一度頭を下げた。

「——本当に不思議なことが続きます」

と平右衛門が何気なく着替え部屋に目を移すのを見て、綸太郎は吸い寄せられるように近づいた。わずか二畳の奥に、立派な姿見がある。先日、立ち寄ったときには見ていなかった。まさに引き込まれそうなほど異様に輝いて見えた。

綸太郎はその着替え部屋に入って、姿見に身を映してみた。まったく歪みがなく、現実よりも明瞭に清らかに見えるほどだ。しかも立派な大きさで、幅半間、高さが一間近くあるだろうか。鏡の縁は樫《かし》の木のようだが、複雑で細やかな細工がされており、綸太郎が見たことのない不思議な紋様だった。

「御主人、この鏡は？」

「ああ。先代……私の父が、ある古物商から仕入れたものです。なかなか立派でございましょう？」

「しかし、これだけの大きさのものは、江戸《えど》……いや、日の本でもなかなか見かけないものだ……」

綸太郎が感心して触れていると、おみつが口を挟んだ。

「それは、南蛮から長崎に渡ってきたものなんでしょ？」

「え……？」

「御主人がお話ししていたのを聞いたことがあります」

平右衛門は驚いて振り向き、

「私が？　いつ、そんな話をしました。あなたに会ったのは、つい今しがたで……」

「ですから……」

おみつは胸が苦しくなったように押さえると、その場に座り込んで、「私は毎日のように、狸小路を歩いて、御主人とも挨拶《あいさつ》を交わしている。なのに……着替えて出て来たら、私のことを知らないなんて……」

「着替えて出て来たら？」

「そうです。この着替え部屋で新しい着物を試しに着て出て来てみたら、私のことを誰も知らなくて……私、何が何だか分かりません」

と、おみつが悲痛な顔になった。綸太郎はその様子を見ていて、遠い昔に聞いたことのある話を思い出した。

合わせ鏡をすると、永遠に鏡の中を映し合っていくことになる。そうすると鏡の中に吸い込まれてしまうので、不吉なものであると南蛮では思われていた。日本にも似たような考えがあり、鏡は伏せておいたり、化粧台のものには布を覆ったりする。鏡の中から魔物が現れて、現世に災禍をもたらすというのだ。

つまり異世界から何かが来るのだが、その別の世界とは、まさに鏡に映ったように似たようなものが無数にあるという。曼荼羅《まんだら》に描かれているのは、その混沌《こんとん》としたものと摂理とが合わさったものである。

「どういうことです、若旦那」

「つまり、自分だけがいないけれど、それ以外はすべて同じ、という世の中があるということです」

「え？　まだ、よく分かりませんが」

「世の中というのは、織物の縦糸と横糸のように複雑に絡んで出来ているのです。たとえば……」

と綸太郎は側にあった反物をひとつ手にして、「この横糸が一本だけ、なかったり、あるいは違うものであったとき、見た目にはまったく同じだけれど、まったく別なものと言えますでしょ？」

「…………」

「世の中も、私たちが生きているこの世間だけではなく、似たような浮き世が無数にあるという考えです」

「ますます分かりません。私だけがいなくて、その他はまったく同じ、他の浮き世がある
なんて……」

首を横に振る平右衛門を、無理もないと綸太郎は思いながら、

「まあ、これも人の考えたことです。でも、人智の及ばないことが、この世にあることも
また事実ですさかいな」

と言ってから、おみつを振り返った。

「もしかしたら、桃路が行方知れずになってることも、何か分かるかもしれまへん」

「そうなのですか」

「ですから、この姿見は決して割るようなことがないようにしといてくれやす」

「鏡を……」

別の世との繋がりが、着替え部屋の鏡にあるに違いないと綸太郎は思ったのだ。

「もし、桃路もこの人と同じように、何処か別の所へ行っていたとしたら、藁《わら》にも縋《すが》りた
いのは、この人と同じやろうからな」

切なげな目で見つめる綸太郎に向けるおみつの濡れたような黒い瞳が、まるで鏡のよう
に輝いていた。

鏡は決して割らないようにと平右衛門に念を押してから、綸太郎はおみつを神楽坂に連れて行った。いつものように武家や商人、職人などが入り交じった往来は、昼下がりの賑《にぎ》わいを見せていた。

二

おみつは懐かしさと切なさが入り交じった表情で、行き来する人々を見ていた。

「おみつさん。あなた、『咲花堂』がある所に住んでいたと言いましたな」

確たる自信をもって、おみつは頷《うなず》いた。

「そやけど、うちの店が出来る前は、小間物屋だったらしいどっせ。しばらく空き家になっていましたけどな」

と綸太郎は店の前まで連れて来ると、白木の格子戸を開いた。その奥に玄関があって、淡い藤色の暖簾《のれん》がかけてある。

おみつは実に不思議そうに、天井や踏み石を見ながら、

「確かにここです……前は『日輪屋《にちりんや》』という小間物屋さんでした」

「ええ。たしか、そうどした」

「こうして内格子などを綺麗《きれい》に作り替えてますけど、ここです、私たちが借りた家は」

「ご亭主は飾り職人だったとか」

「だったのではありません。今もそうです」

と半ばムキに言ってから、「亭主が『日輪屋』さんと昔馴染《なじ》みだったから、ここを借りることができたのです」

「その『日輪屋』さんは隠居して、駒込《こまごめ》の方にいるらしいが」

「はい。そうです」

「ふ〜ん。では、そのあたりの事情も、こっちの世と同じなんやな……ということは、亭主も、どこぞにおるということやな」

と綸太郎はぽつりと呟《つぶや》いた。

店の中に入ると、おみつは物珍しそうに見回した。刀剣をはじめ、茶器や壺《つぼ》、掛け軸など書画骨董が、やはり白木の棚に品よく陳列されている。

「『咲花堂』……」

おみつは何かを思い出したように口の中で囁《ささや》いた。

「もしかしたら、あの京にある『咲花堂』さんですか？」

「へえ、そうどす」

「上条綸太郎様……ああ、一度だけ、私、日本橋の『利休庵《りきゅうあん》』でお見かけしたことがありますわ。ええ、一度、半年程前に」

綸太郎に覚えはない。それはそうである。もし、おみつの奇妙な話が事実ならば、別の世の出来事ということになる。そっちの自分にも会ってみたい気がするが、それは出来ぬことだ。おみつにとって、この世は、

――自分がいないということ以外は、すべて同じ。

という浮き世なのだ。それと同じように、もし綸太郎が別の江戸なり京なりに行けたとしても、そこには自分がいないのであろう。

「覚えてませんか?」

おみつはさらに不安げな顔になって尋ねてきたが、綸太郎は曖昧《あいまい》に頷いた。

「『利休庵』にはよく行かれるのどすか?」

「そうではありませんが、私の亭主、謙作さんがたまに……その時にはついて行ってたんです。『利休庵』の主人は親戚にあたるとか」

「いや、そうではない。うちの本家で長い間、番頭をしていたのや、清右衛門《せいえもん》は」

「そうなんですか」

京の松原通東洞院《まつばらどおりひがしのとういん》通にある『咲花堂』は、綸太郎の父親・上条雅泉《がせん》が営んでいる。

代々続く上条家は、幕府目利所の本阿弥《ほんあみ》家の傍流だが、京においては本阿弥本家に負けぬ威厳や権威があった。綸太郎は雅泉の一粒種、御曹司であるが、父とは相容れぬところがあって、諸国を旅して修行をしてきた。

ここ神楽坂に店を出して、まだ二年にもならぬが、

――江戸に『咲花堂』あり。

との噂は広まっており、幕閣や諸大名からもつきあいを望まれているが、綸太郎はお高くとまっている御仁《ごじん》はあまり好きではない。ただ、綸太郎が江戸店《だな》を出した理由の一つに、上条家に伝わる〝三種の神器〟を江戸で探す狙《ねら》いもあったから、幕閣たちとも座を設けざるを得なかった。

もっとも、『利休庵』清右衛門の方は、徳川家康《とくがわいえやす》に奪われたという上条家の〝三種の神器〟なる刀剣、茶器、掛け軸の存在などは知らぬが、事あるごとに綸太郎を敵視していた。刀剣や骨董を鏡のような澄んだ目で見る、雅泉譲りの鑑定眼が怖《こわ》かったのだ。清右衛門は、刀剣や骨董を金の値打ちでしか量《はか》らぬ男だからだ。

「いずれにせよ、そっちの世の中にも、私はおったのどすな」

「……え？」

「まあ、ええ。今のあなたにとっては、どっちもほんまもんやからな」

と言う綸太郎に、おみつが不思議そうに首を傾げたとき、二階から峰吉《みねきち》が降りて来た。少しばかり眠そうな眼をしていたので、

「なんや。また居眠りをこいてたんか。店番にならんやないか」

「人聞きの悪い。私は上で若旦那がほったらかしてる骨董の整理整頓をですな……」

と峰吉は階段の下に備え付けの箪笥《たんす》の戸をガシガシと引いて誤魔化《ごまか》した。軋《きし》み音が酷《ひど》くて、なかなか開かない。

「そやけど、涎《よだれ》がついとるで」

峰吉がえっと口元を拭《ぬぐ》うように手をあてがうのへ、綸太郎は笑って、

「冗談やがな。でも、寝てたのはほんまのようやな、はは」

「……もう、若旦那ッ」

と言いかけて、おみつに改めて頭を下げた。さっきから眼の片隅には入っていたようだが、やはり眠気が続いているのだろう、ようやく気づいて茶などを用意しはじめた。その峰吉に、綸太郎がおみつが陥《おちい》った事情を話すと、

「――若旦那……またぞろ、変なのを連れて帰って来はりましたな」

とおみつに聞こえないように呟いた。

「そんなの嘘に決まってますがな。自分の亭主が飾り職人で、ここが『きぬた』って店や

て？　そんな話、誰が……」

「俺だって端《はな》から信じてたわけやない。しかし、桃路のこともある。おまえも『近江屋』さんの姿見を拝んだことがあるやろ」

「へえ、それが何か？」

綸太郎はその鏡を通じて、おみつが図らずも別の世に来てしまったと説明したが、峰吉にはとんと理解できなかったようだ。そうは言っても、峰吉自身、自分が若返ったり、綸太郎が人の夢の中へ入ったという不思議な出来事にも遭遇していたので、まったく否定することもなく、

「ま、せいぜい、妙な女に騙《だま》されて、うちの名器を二束三文《にそくさんもん》で売るようなことだけはせんといて下さいね」

と注意を促《うなが》すだけであった。

「そやけど、人生は不思議なものや。様々な偶然が寄り集まって成り立っとる。そういや、御公儀の天文方の人にも聞いたことがある。まったくよく似ているのだが、ほんの少しだけ違う世……ほんの少し違う〝世界〟が無数にあるとな」

「またまた。南蛮の神様にでも化かされたのと違いますやろな」

「そやな。おまえに話しても無駄やな」

綸太郎は溜《た》め息混じりにそう言うと、おみつを振り返って、

「それなら、おみつさん。あなたの旦那さんを探してみまひょか」

「私の……」

「あなたがいないこの世でも、旦那さんの謙作さんは何処ぞにおるやもしれへん」

聞いていた峰吉は奇妙な顔になって首を傾げて、

「――あなたがいないこの世でも……？　何を訳の分からんことを。こうして、おるやないでっか。若旦那、熱がありまへんか」

と綸太郎の額に手をあてがった。

「うむ。おかしいのかもしれへん。そやけど、おかしな現実があるのも事実や」

それ以上、言葉にはしなかったが、桃路の行方を探す手がかりを摑《つか》むためにも、綸太郎はおみつを助けなければならないと切実に感じていた。

「謙作さんは、あなたと一緒になる前は、何処で何をしてたんです？」

「はい。私とは……」

と少し言いにくそうに口を濁《にご》したが、綸太郎の透き通るような目に安心したのか、素直に答えた。

「私とは内藤新宿《ないとうしんじゅく》の『東屋《あずまや》』という一膳飯屋で知り合いました。一膳飯屋とはいっても、

お祭しのとおり、女郎屋のようなものです」

内藤新宿の一角には、そういう春をひさぐ女たちを集めた飯屋があって、女を飯盛りとして雇っていた所があった。

おみつは高井戸《たかいど》村の貧しい農家の出で、ありがちな話だが、親の借金の形《かた》として女衒《ぜげん》に連れて来られたのである。もちろん、親には金を返済する意志など毛頭なく、そのまま売春を強《し》いられた。

謙作は甲州《こうしゅう》街道は日野《ひの》宿にある本陣の息子だという。子供の頃から手先が器用で、簪《かんざし》や笄《こうがい》、さらには江戸切り子や茶碗などを職人のように作っては、周りを驚かしていた。

その趣向が高じて、宿場に店を出した。近在の者や旅人にはまずまず好評で、一度、本陣に泊まった、ある大名家の家老に褒《ほ》められたことから気をよくし、自分の腕前は江戸ではどのくらい通じるのかと、まるで行商のように月に一度か二度、訪れていた。

おみつと出会ったのはその道中、内藤新宿に泊まった時のことだった。売春相手だったわけではない。飯屋で、おみつがタチの悪い客に乱暴されそうになっていたところを、謙作が助けたのだ。本陣の息子だから、幼い頃から、剣術や柔術の修行をさせられていたのが役に立った。

謙作はその時、おみつの身の上を聞き、同情したという。そして、身請けまですると言い出した。おみつからすれば、夢のような話だが、自分の何処がよいのか分からない。しかも汚れた女だ。きっと騙されているに違いないと思った。

だが、謙作はその場で、一膳飯屋『東屋』の主と話をつけ、半月後にはきちんと結納という形で、身を引いてくれた。その店の主は万兵衛《まんべえ》といって、金に汚い男で、女たちを牛馬の如《ごと》く働かせた上に、何人もの客を取らせてギュウギュウと搾《しぼ》り取っていた。

おみつは地獄に仏と安堵したが、謙作の父親は本陣を任された人物である。名字帯刀を許された特権町人で、宿場の問屋場の主人も兼ねた、いわば名士だったから、祝言に反対どころか、家の敷居も跨《また》がせてくれなかった。

それでも謙作は、懸命に親を説得しようとした。母親はなんとか二人を認めてやろうとしたのだが、父親は頑として許さなかった。だから、謙作は本陣を継ぐことを諦《あきら》めて、日野宿から出る決心をした。

前々から、いつかは江戸に出て、腕を試したいと思っていた謙作は、これ幸いとばかりに家を捨てたのだった。もちろん、素人の技が通じるかどうか分からない。本陣の坊ちゃんだからこそ、作った物に対して、誰もがお世辞で褒めてくれたのであろう。だが、謙作は、おみつのために一から修行をして、自分なりの道を生きるために、飾り職人を選んだのだった。

しかし、所詮《しょせん》は素人に毛が生えた腕前でしかない。江戸に出て来てもまったく通じず、辛酸をなめる毎日だった。

「それでも、おまえのためだと、謙作さんは頑張ってくれたんです。そして初めに腕を認めてくれたのは、『利休庵』の主人だったんです。おまえは十年に一人の逸材だ。気が向いたら遊びに来い。そう言われまして……それから、謙作さんはトントン拍子に……」

他人様に認められる仕事ができるようになって、『きぬた』という店もようやく出せたのだと、おみつは切々と語った。

「なんや、信じられん話やな……」

と峰吉は冷や水を浴びせかけるように、「あの『利休庵』がそんな親切なことをするわけがあらしまへん。どうせ誰かの贋作《がんさく》でも作らせて、金儲けをしてたんとちゃいますか？」

「贋作……」

おみつが不安な面持ちになったので、綸太郎は峰吉に黙っておれと制してから、

「とにかく、『利休庵』に行ってみよう。もしかしたら、この世の謙作の居所を知ってるかもしれへん。もし、あかんかて、日野宿の本陣に行けば何かわかるやろ」

と励ましてニコリと微笑んだ。

おみつは、さっきから峰吉が開けようとしている箪笥の引き戸の前に立った。そして、私にやらせてみて下さいと戸を持ち、

「これには、コツがあるんですよ」

と少し腰を押し当てるようにして、ぐいと引くと、するっと開いた。

「あっ……」

驚く峰吉を見た綸太郎も目を丸くして笑った。

「ほらな、峰吉……ほんまに、ここに住んでたのかもしれへんな」

三

『日本橋利休庵』は相変わらず人の出入りが多く、主人の清右衛門も貫禄がつきすぎて肥える一方の体に鞭《むち》打つように客の相手をしていた。

目端の利く顔つきで金になると判断した客には手揉《ても》みで受け答えしているが、一文にもなりそうにない者にはすぐさま見切りをつける。そんな様子が綸太郎には手に取るように分かるのだが、客の方はといえば、いかにも威厳がありそうな風貌《ふうぼう》の清右衛門を有り難がってばかりいた。

「これはまた若旦那……いや綸太郎さん。今日は何の御用ですかな」

あまり歓待していない口ぶりだが、客の手前、平静を装っていた。

綸太郎もいつもなら、呼び捨てにするところだが、清右衛門さんとか御主人と呼びながら挨拶をして、

「つかぬことを聞きたいのやが、この方を知りまへんか？」

「はあ？」

「半年程前に、ご亭主の謙作さんとこの店に来はって、俺にも会うたそうや」

綸太郎はおみつを顔がよく見えるように、清右衛門の前に立たせた。

「ご亭主は、飾り職人で、『きぬた』という店を、神楽坂の『日輪屋』の後に出してはるそうなんや」

「何をばかな……『日輪屋』のあった所には、綸太郎さんが……」

「ああ。出してるのやが、他の浮き世では、この人のご亭主が出してるのや」

このクソ忙しいときに、何を馬鹿なことを言い出すのだと清右衛門は顔を顰《しか》めたが、どうやら、おみつのことは知らないようだ。

「謙作さんという飾り職人のことは知ってるか？　この店では高値で取り引きしてくれてるらしいが」

「謙作……」

「知らんか」

「ああ。もしかして、これを作った人かいな」

清右衛門は店の片隅にある小さな桐箱に入れている簪を差し出した。丁度、今の時節に相応《ふさわ》しい菖蒲の花を象《かたど》っている。その簪を見るなりおみつは、

「ええ、これです……折々の草花を細工するのが好きで、葉を捻《ひね》るようにするのが謙作さんの技でした」

と懐かしさに溢《あふ》れる目で簪を握り締めた。

「——なんだ」

清右衛門は訝《いぶか》しげに綸太郎の顔を覗《のぞ》き込むように見ながら、小声になって、

「どういう女です。うちの店に妙なのを連れて来て、因縁つけられても困りますな。謙作という飾り職人も、ついこの間、ふらりとやって来て、よかったら置いてくれと言っただけだ」

「そうなのか？」

「なんでも、日野の方の本陣かなんかの息子らしいが、ま、素人にしてはいい腕だが、商いになるかどうかは分からぬ。わざわざ遠路来たのだから無下に帰すのも悪いと思って、

二つ三つ預かったが……まあ、売れんやろ。そもそも、うちは刀剣や書画骨董を扱ってるんだ。持ち込むところが間違ってる」

「そやな……」

綸太郎も別の簪を手にして、じっくりと眺めてから、

「たしかに……凡手やな。こっちの世では、まだ充分、修行をしてないようやな」

「え？」

「いや。こっちの話や。で、清右衛門……いや御主人。その謙作さんとやらは、日野に住んでんのかな」

「そうらしいが、この一月くらいは定宿で過ごしてるらしい。それくらいの金は親が持ってるのだろう」

「定宿……もしかして、内藤新宿」

「なんで知ってるのや」

「甲州街道を使うてるのなら、そこが一番都合がええやろ。で、宿の名は」

清右衛門は面倒臭そうに番頭を呼びつけて、後はおまえが話してやれと命じた。

「おい、清右衛門。まさか、贋作を作らせたりしてないだろうな。その謙作さんに」

「贋作？」

突拍子もないことを言うなとばかりに眉間《みけん》に皺《しわ》を寄せて、「こんな腕で、誰の偽物を作れというのだ。綸太郎さん、あんたこそ、妙な女に引っかかって、『咲花堂』の名を汚すようなことをしない方がいいですよ」

と皮肉っぽく頬《ほお》を歪めて立ち去った。二人の話を聞いていたおみつは、

——謙作は、この世の中にいる。

ということに安堵したようで、その定宿とやらに急ごうとした。

「宿なら知ってます、はい。私と一緒になる前にも時々、江戸に来ていたという話はしましたでしょ？　その折に、使っていた所があるんです」

おみつは俄《にわか》に浮き浮きした顔になった。足取りが軽くなって、利休庵から飛び出そうとしたとき、入って来た若い男の肩に、おみつが触れて倒れそうになった。まだ二十代半ば、綸太郎より、六、七歳下であろうか。着物の着こなしから、物腰まで女のような繊細さと艶《つや》やかさがあった。

「これは失礼」

男はおみつの体を支えて、「大丈夫ですか？」

声も喋り方も、どこか不自然で、落ちつきのない感じがする。

「——はい。大丈夫です」

と答えたおみつの顔がなぜか少し強張っていた。それに気づいた男は、

「何処ぞで会ったことがありますかな？」

「あ、いえ……」

おみつは首を横に振ると、そのまま通りに駆け出して行った。綸太郎も軽く一礼をして足を踏み出すと、

「ちょっとお待ち下さい、若旦那」

と清右衛門が背中から声をかけてきた。

「丁度よかった。ご紹介しておきます。この人は、錦小路綾麿《にしきこうじあやまろ》という、今、めきめきと腕を上げている刀剣目利きです。若旦那も名前くらいは聞いたことがありますでしょう」

「若旦那……？」

と興味深げに見やった男の目は一瞬、羨望《せんぼう》の輝きになって、「もしかして、『神楽坂咲花堂』の上条綸太郎さんですか」

「はい。私もあなたのお噂は色々と聞いております」

「どのような噂でしょう。どうせ、ろくなものではありますまい」

「いえいえ。まだお若いのに、斬新《ざんしん》で切れのよい鑑定をなさるとか」

「そんなことはありません」

と言いながらも、自信に満ちた顔つきで、まるで挑発するように綸太郎を見つめてきた。

切れ長の鋭い、力のある目だった。火花が散ったと言ってもよかったが、綸太郎はあえて微笑み返して、

「今日は先を急ぎますので、またいずれお会いいたしましょう」

と頭を下げて、おみつの後を追った。

既《すで》に、一町程離れた商家の店先まで、おみつは行っていた。どこか不安げな色が、体全体に広がっている。震えるような目で利休庵を振り返っているので、

「どうしたんです、おみつさん。今の錦小路綾麿さん、知ってはるのか？」

「錦小路っていうんですか」

「ああ。今をときめく、刀剣目利き。会ったのは初めてやが、俺の同業者や」

「…………」

「ほんま、どうしたのや」

「あの人なのです……私に乱暴をしようとした男は」

「ええ？」

「それを謙作さんが助けてくれたんです」

思い出すのも苦痛だというふうに、おみつは目を逸《そ》らした。不思議な気持ちになって、綸太郎が振り返ると、『利休庵』の藍染めの暖簾を割って、綾麿が二人の方をじっと射るように見ていた。

四

内藤新宿に着いたのは、夕暮れ迫る頃で、初夏の匂いが広がる風が吹いていた。

綸太郎は八十八夜頃の夕陽が好きで、京にいる頃には、〝清水《きよみず》さん〟あたりの東山《ひがしやま》から、遠く西方に沈んでゆく陽を眺めるのを楽しみにしていた。

「ここです」

おみつが綸太郎を案内した旅籠《はたご》は、〝追分《おいわけ》だんご〟で知られる追分の甲州街道沿いにあった。青梅《おうめ》街道との分岐点であり、賑やかな宿場町からは少し離れていた。だが、『大月《おおつき》屋《や》』というその旅籠は、普通の者が長逗留《とうりゅう》できるような木賃宿ではなく、金に余裕のある商人や武家が数日寛《くつろ》ぐ高級宿だった。本陣の息子ゆえに、泊まっていられるのであろう。

おみつが暖簾をくぐろうとすると、半纏《はんてん》姿の番頭が出て来て、

「これはこれは、お着きでございますか。お二人様、いらっしゃい！」

と奥に声をかけた。おみつは咄嗟《とっさ》に手を振って、

「違うのです、幸兵衛《こうべえ》さん。私は、謙作さんに会いたくて……」

と言った途端、番頭は白いものが混じった鬢《びん》を驚いたように撫《な》でてから、「あの……前にも、うちに泊まってくれましたかな」

「覚えがないのですか」

「申し訳ございません。私は一度でも拝見した顔は覚えているのですが……」

と丁寧に頭を下げる番頭を見て、おみつはがっくりと両肩を落とした。おみつが謙作と一緒になったときには、色々と面倒を見てくれたらしかった。いよいよ、別の世に来ていることを察したようだが、それでも、気を取り直したように、

「謙作さんは、逗留してますよね」

と問い返した。

「私……女房のおみつです」

「奥様？」

もう何年も定宿にして泊まっているが、謙作の口からは、女房がいると聞いていなかったと番頭は言った。ならば同行している綸太郎は一体何者かと、チラリと見やってから、

「もちろんお泊まりですが、まだ江戸市中に仕事に行かれたきりです」

番頭の方はまったくおみつのことを知らない様子だったが、

「もし、よろしければ、中でお待ち下さい。もうすぐ日が暮れますし、おっつけ戻っていらっしゃいますでしょう」

「いいのですか？」

「さ、どうぞ、どうぞ」

「女将《おかみ》さんの……お才《さい》さんはいらっしゃいますか？」

おみつが淡々と語りかけるのへ、番頭は一瞬、不思議そうな顔になったが、

「なんだ、女将さんのお知り合いでしたか、これは失礼しました。ささ、お入り下さい」

と両手を差し伸べて招き入れた。綸太郎も誘われるままに入って、足盥《あしだらい》で丁寧に足を洗ってから、二階の奥の部屋に招かれた。そこが謙作が泊まっている部屋だった。

行李《こうり》がひとつあるだけの簡素な部屋だった。窓辺の手摺《てす》りに凭《もた》れると、遥《はる》か遠くに富士山が見えた。綸太郎が妙に感心すると、

「あら、知りませんでした？　内藤新宿からの富士山も風情《ふぜい》があっていいでしょ」

目を細めて眺めながら、おみつは何度も訪れて慣れきったというような態度で言った。少しばかり気持ちが落ち着いたようだった。

どのくらい待ったか、日がとっぷり暮れてから、廊下から元気な話し声がした。おみつには聞き覚えのある声だ。番頭に案内されて、謙作が帰って来たのだった。

襖を開いた謙作は、おみつと綸太郎を見て、思いも寄らぬ二人がいたので驚いた。謙作は飾り職人というより、若い商人という雰囲気で、落ち着いた井桁《いげた》柄の羽織が似合っていた。

「――番頭さんから聞きましたが……どちら様でございましょうか」

謙作は、おみつではなく、綸太郎の方を見て尋ねた。

「おまえさん……本当に分からないの？」

潤んだ目になって、おみつが近づき、謙作の手を握り締めた。頭がおかしい女と思ったのか、謙作はさっと手を引いて、

「何処かで、お会いしましたか？」

と言いながらも、何となく気がかりな様子で、おみつの顔を覗き込んだ。

「私は……私は、あなたの女房だよ……本当に分からないの？　『きぬた』という店を神楽坂に出して、それから……」

「きぬた……」

「そう。分かる？」

「きぬたなら、私の小さい頃の渾名《あだな》ですが……よく人を騙すので、それを逆さにして……騙すと言っても、細工でですよ」

「知ってる。だから、その名から店の屋号も……」

と切羽詰まった顔になったおみつが、謙作に抱きつきかかると、さすがに血の気が引いたように狼狽《ろうばい》して、綸太郎に助けを求めるような目になった。

「ま、待ってくれ。一体、どういうことなのですか。人の部屋に上がり込んで、このおかしな真似《まね》は」

「何を言ってるの。あなたは私の亭主。どうして分からないの！」

おみつの興奮した泣き声に、謙作はますます困惑した。しゃくりあげるように嗚咽《おえつ》しながら、おみつは膝《ひざ》から崩れて、

「——これは悪い夢よ……私があんなことを言ったからだわ……ゆうべ、あんなことを言って、あなたを責めたから……だから、神様にこんな目に遭わされてるンだ」

綸太郎が気の昂《たかぶ》りを静めようと、そっとおみつの肩に触れたが、おみつは乱暴に振り払うような仕草《しぐさ》で、

「謙作さん。私、もう二度と、あんなことは言いません。だから、この悪い夢から覚まして下さい。お願いです」

昨夜、謙作はめったに飲まない酒を飲んで帰って来たという。取引先から、簪や笄《こうがい》を突っ返されたのだ。出来映えは悪くないのだが、少し意匠が古めかしいのか、若い娘たちには受け入れられないというのだ。

もっとも謙作は、若い娘を相手に作ったのではなくて、武家の奥方や商家の内儀を狙って創意工夫したものだと訴えた。しかし、その取引先の小間物屋は、両国《りょうごく》橋西詰の一角にあり、客筋は若い女だった。しかも、人気の化粧水なども一緒に扱っているので、謙作のものは不要だと言われたのだ。

初めは、その小間物屋の注文に応じて、何十本も急いで作ったのだが、後になって要らぬでは話にならない。約束の分はきちんと払って貰《もら》うと談判したら、相手の主人は臍《へそ》を曲げて、

『元々は、そっちが置いてくれと頼みに来たのではないか。代金も売れれば払うという約束のはずだ』

と声を荒らげ、二度と仕入れぬと怒りを露わにした。そして、謙作が納めている小間物屋仲間にも、『きぬた』の簪は仕入れるなと脅しをかけたのである。その小間物屋は、同じ商売仲間ではちょっとした顔だった。

だから、謙作は途方に暮れて、ろくに飲めない酒をがぶがぶと飲んだがために悪酔いし

てしまった。その勢いで、おみつと一緒になったのが間違いだったと悪態をついたのである。

そのことで、おみつは悲しくなるというよりは、情けなくなって、逆に激しく責めたのである。

『そんなことで躓《つまず》くらいなら、日野の本陣に帰ればいいんだ。どうせ私のことなんか、本当は疫病神《やくびょうがみ》かなんかと思ってたんでしょ。ああ、そうよ。私は疫病神。お陰《かげ》で、あなたは親からも勘当され、本陣の主の地位も捨ててしまった。今からでも遅くない。こんな店、とっととたたんで、日野宿に帰ればいいんだ』

そんなことを吐き捨てて、おみつは腹立たしくなって、店から飛び出した。そして、神楽坂の暗い夜道をあてもなく歩いているうちに、溝《どぶ》に足を滑らせた。びっしょりと着物が濡れて、我ながら邪険なことをしてしまったと思ったが、そこへ『近江屋』の主人が提《ちょう》灯《ちん》を下げて通りかかったのだった。

顔見知りだから、素直に事情を話すと、すぐ近くの店に入れてくれて、娘さんの着物に着替えさせてくれたのだった。その時、着替え部屋を借りたところ……出て来たら、『きぬた』がなくなっていたというのだ。

謙作はそんな奇《き》譚《たん》めいた話を聞いても、俄《にわか》には信じられなかったようだ。むしろ、余計

に警戒を強めて、気味悪がった。綸太郎はそれを察して、まだ少し興奮気味のおみつを宥《なだ》めてから、

「挨拶が後になりましたが、私は神楽坂で『咲花堂』という骨董店を開いている上条綸太郎というものです」

「ああ、あの……『日本橋利休庵』さんからも色々と噂を聞いております」

と目を輝かせた。

「不思議な縁《えにし》で、こちらの世では、私が『日輪屋』の跡地に店を出してます」

「…………」

「違う世では、あなたが『きぬた』という店を出しておるのです。では、そっちの世では私は何処に店を出してるのか、ちょっと興味がありますが、おみつさんもそこまでは知らないようでしてな」

綸太郎が訥々《とつとつ》と話すと、おまえも何を言い出すのだと訝《いぶか》しい目をしたままで、謙作は身の置き所にも困っているようだった。

「驚くのも無理はありませんが、謙作さん。あんたも、これから工芸で身を立てていく気やったら、世の中の不思議、というものも少しくらいは受け入れられるやろ」

「世の中の不思議……？」

「そうや。あんたが好きなその簪かてそうや……自分で作ったちゅうてるが、砂を鋼《はがね》にしたり、鋼を打ったり曲げたりしながら、簪にしてゆく……叩《たた》けば強くなることは知ってる。でも、どうして叩けば強くなるのか、あんたに分かりますか」

「……………」

「いや、よしんばその理屈が分かったとしても、その理屈が通るように、誰が仕組んだか分かりますか……そこまで話がいくと、神様やら仏様の存在さえ超えて、もっと大きな何かが、この世を動かしてはることに気づくはずや」

「たしかに……どうして、このような美しい簪が出来たのかと、己《おのれ》でも驚くことがあります。私の意志とは別の何かの力が働いたとしか思えないときが……」

「それだけ分かっておれば、ええ飾り職人になれると思いますよ。後は手技やな。でも、その技は、淡々と続けておれば身についてくるものや。そして、その先に新しいものも見えてくるやろ」

綸太郎は、〝この世〟ではまだ芽の出ていない謙作の後押しをしようと思った。これもまた、〝この世〟にいないはずの、おみつとの出会いによる不思議であった。

五

謙作と二人だけになった綸太郎は、おみつの身に起こったことを正直に話した。

宿場外れにある小さな釜飯屋である。綸太郎が内藤新宿に住んでいる刀匠の庵《いおり》に訪ねて来たときに、時々立ち寄る店だ。

『釜八《かまはち》』といって、そこの釜飯は松茸《まつたけ》や牡蠣《かき》、海老や筍《たけのこ》など、その季節の旬の物を素材にして、淡い醬油《しょうゆ》味が鼻孔をくすぐり、底にこびりついた焦《こ》げがまた旨《うま》い。

おみつは旅籠で預かって貰い、気を落ち着けるために女中などに相手をして貰っている。食べ物もろくに喉《のど》を通らないほど、気持ちが委縮しているが、ともあれ自分の置かれた状況をきちんと認めるしかない。もっとも、そんな異様な事態に自分が陥《おち》いれば、どう対処してよいか分からぬであろう。だが、なんとかして、〝元の世〟に戻してやりたいと、綸太郎は考えていた。

「その鍵が、『近江屋』にある姿見や」

「姿見……」

「さっき、おみつさん自身が話したが、あんたと夫婦喧嘩《げんか》をして、そのまま『近江屋』に行って着替えをした。そのときに、なんらかの魔力みたいなのに襲われて、鏡を通じて別の世に……丁度、姿見に映っている反対側の鏡の中に入るように……こっち側に来たのではないやろか」

と綸太郎が真顔で、鯛の釜飯をほじくっていると、謙作は承服できない眼差しで、

「そうは言われても……すぐには何のことやら……」

「おみつさんは、別の世では、あんたとこの内藤新宿で出会って、乱暴な男から助けて貰うたことから、お互い惚れ合《お》うたそうや」

「たしかに……」

謙作は釜飯にはあまり手をつけず、焙《ほう》じ茶ばかりを飲みながら、「おみつ……って人とさっき会ったとき、なんとはなしに、初めて会ったのではない気がした。どこか懐かしい気がしたのは確かです」

「それが男と女の縁《えにし》というものや」

「でも、だからと言って、上条さんの話は俄には信じられません」

「信じるか信じないかは、この際、どうでもええことや。これが事実なんやからな……どないする」

「どないするって……」

「俺にはふたつ考えがある。ひとつは、なんとしても、〝別の世〟への入り口を探して、おみつさんを帰してやること。でなければ、誰も知る人のいない〝この世〟で、新しい人生を生きさせてやること」

「…………」

「どないです？　この際、あんたの女房にしてやったら」

「そんな乱暴な……私は、あの人のことはよく知らないし、第一、この世に身寄りのいない者をどうやって……」

と不安になる謙作に、綸太郎は半ば押しつけるように言った。

「よく考えてみて下さい。おみつさんはおらんかもしれへんが、その二親や親戚の者がおるかもしれへん。もちろん、その人たちに、おみつさんのことを話しても気味悪がるだけやろ」

「私だって充分……」

「そうやな。あんたが受け入れられないのやったら、おみつさん自身が覚悟して、まったく別の人生を歩むしかないのや。この世では赤の他人の二人なのやからな。でも、こうして知り合ってしもうた。これもまた……」

「縁ですか」

「そういうことや」

綸太郎が杯をぐいとあけて、手酌で注ぎ足したとき、背中に強い視線を感じて振り返ると、暖簾をくぐった所に、綾麿が立っていた。よく見ると羽織には金粉が散っている。目地の間に織り込まれているようだ。

「これは、これは……」

と綾麿はたった今、気づいたように綸太郎の方に近づいて来ながら、

「近頃、売り出し中の飾り職人と二人で何の密談ですかな」

「密談とはね。物騒なことをやらかそうとでも見えますかな？」

綸太郎が返すと、綾麿は口元は笑っているものの、冷ややかな目のままで、

「幾《いく》ら新しもの好きの綸太郎さんでも……ああ、ほとんど初対面ですが、綸太郎さんと呼ばさせて貰ってよろしいですか。『利休庵』さんの話の中では、そう呼ばれてるので」

「結構や、ですが……むふふ」

と綸太郎はおかしみを堪え切れないように笑ってしまった。

「何か顔についてますか？」

「いや。これもまた縁ですな……綾麿さん、あんたが乱暴をしようとした女を、嫁にした亭主がここにいる」

「は？」

謙作と綾麿は不思議そうな顔を向けたが、綸太郎は詳細は話さず、

「ま、お近づきの印に一杯」

と銚子を差し出した。だが、綾麿は拒むように手を振って、

「あなたと杯を交わすつもりはない。人に見られれば、それこそ『咲花堂』の傘下に入ったと思われますからな」

「……？」

「そんな顔をせずとも、綸太郎さん、私はあなたを尊敬しておりますよ。でも、いつかは必ず、あなたを抜いてみせる。刀剣目利きとしてね」

「これは、いきなりのご挨拶《あいさつ》ですな」

「若造と思って嘗《な》めないで下さい。これでも、本阿弥本家で修行した身でございます。家柄だの秘伝だの、そんなものは真贋を見抜く力には何の関わりもないことを、この私が証明してみせます」

「私とて、家柄なんぞ関わりないと思ってますよ」

綸太郎は銚子を自分の杯の横に戻した。よく知らぬ男だが、一生懸命、虚勢を張って生きていると感じた。それは己の劣等感の裏返しであるはずだ。どのような人生を歩いて来

たか、綸太郎はあまり知りたいとは思わなかったが、〝別の世〟では、おみつに乱暴を働こうとした男だから、さほど立派でもなかったのであろう。

綾磨はそんな綸太郎の心の裡《うち》を見抜いたようにニンマリと口元を歪めて、

「ふん……ま、今日は刀剣や骨董の器量の話ではありません……あ、いや、突き詰めれば関わりあるかもしれませんがね」

「ん？　勿体《もったい》つけずに、はっきりと話してくれ」

「綸太郎さんが連れていたあの女のことで、ちょっと……」

「おみつさんか」

「『利休庵』さんから聞いて、思い当たることがあったので、ちょいとばかり、お役に立とうと思いましてね」

自信たっぷりの顔つきになった綾磨は、綸太郎を値踏みするように見た。

「私も一度だけですが、おみつさんでしたか……そういう状況に陥った人に会ったことがあるのです。男ですがね」

「本当に？」

「綸太郎さんに嘘をついてどうするのです。そのときのことが、もし手助けになるのでしたらと思いましてね」

藁《わら》にも縋《すが》りたい思いは、おみつのみならず綸太郎も同じである。桃路のこともあるからだ。綾麿の生意気そうな顔つきには、少々、辟易《へきえき》とした綸太郎だが、もし今の状況から脱却する方法があれば、どうしても知りたいと願っていた。

六

綾麿の仕事場は、品川《しながわ》南本宿にあった。東海道五十三次の最初の宿場であり、吉原《よしわら》に並ぶ遊郭もあったため、内藤新宿の煩雑《はんざつ》な良さと違った趣《おもむき》があった。

この場に店を構えたのは、東海道を使う大名が圧倒的に多いからである。しかも、江戸入りするときも、逆に離れる際も、必ず立ち寄る所だからである。当然、大名と接する機会も増えて、仕事にも弾みがつく。『日本橋利休庵』は幕閣とも昵懇《じっこん》の目利きだが、その取引相手ということになれば、ますます信頼も得られよう。何もかも計算ずくの綾麿の生き様に、綸太郎は据わりの悪さを感じていたが、

——ま、それも人それぞれ。

と思うことにした。だが、野心でギラギラした若い刀剣目利きの仕事場の割には、余分なものを排して素朴で整然としていることに、綸太郎は違和感を抱いた。それも計算かと

穿《うが》った見方をしたが、仮にも本阿弥本家で修行した身であるから、勘ぐりすぎるのもよくあるまい。〝別の世〟から来た者の話を素直に聞いた。

綾麿が接したという男も、自分だけがいないという異界に来たと喚《わめ》いていたという。人は、自分の居場所がなくなれば、不安に駆られるものである。ましてや、知人ですら、自分のことを誰も知らないとなれば、頭がおかしくなっても仕方がないであろう。

「刀も鏡と同じです。自分と……もう一人の自分を映すという意味ではね」

と綾麿は意味ありげな言葉を吐いて、じろりと綸太郎を振り返った。

「綸太郎さん。あなた……さっき、俺がおみつという女を襲おうとしたと言いましたね」

「そうだが？」

「悪いのですが私にはその覚えはありません」

「そやろな。それは、もう一つの世の中での話やからな」

「でもね、当たらずとも遠からずです」

「？……どういうことや」

「これから、おつきあいをするかもしれない綸太郎さんだから、あなたにだけは本当のことを正直に言っておきましょう」

やはり勿体つけるような言い草で綸太郎を値踏みする目で見ている。刀剣を見るときのように鋭い眼光を放っているが、何処か嘘があるようにも見える。綸太郎は一瞥《いちべつ》して、相手がどの程度の度量の持ち主か、どういう心根なのか分かると思っていたが、

——この男は分からぬ。

と感じていた。器量は大きくはあるまいが、底が知れぬというか、心の奥に深い闇があるような気がしてならなかったのだ。

「当たらずとも遠からずというのは？」

どういう意味だと綸太郎が聞き返すと、綾麿は小さく頷いて、そっと懐から小刀を取り出した。懐刀にするもので、わずか五寸くらいで紙のように薄い刃だった。

「これは……」

「はい。上条家に伝わる〝渚《なぎさ》〟と称される一文字系のものです」

「どうして、これを……」

「唯一つしかないはずのものが、どうしてあるか、不思議でしょう。でも、これも本物ですよ。どうぞ、ご覧下さい」

と柄を引き抜いて中心《なかご》を見せた。綸太郎がじっくり鑑定すると、まさしく店にあるものと同じであった。

「この世の中に、たった一つしかないはずのものなのに……しかも、あなたが持っている

はずの小刀を私が持っている。どういうことだか分かりますか？」

　綸太郎はしばし黙して小刀を眺めていたが、

「まさか、他の世から持って来たとでも言うんじゃないやろな」

「そのとおりです」

「……俄には信じられへんが」

「決して、贋作ではありませんから。今すぐにでも店に帰られて調べてみれば分かることです。つまり……」

　と綾麿は背筋が凍《こお》るような微笑を浮かべて、「私も他の世から来たということです。でも、他の世というのは、それこそ数限りなくある。似て非なる世というものがね」

「似て非なる世……」

「ええ。ですから、おみつがいた世にも、別の私がいたのでしょうな」

「…………」

「で、私は、それとはまた別の世から来たわけですが、そこでの暮らしは実に酷《ひど》かった。おそらく、おみつがいた世とどっこいどっこいだったでしょう」

　綸太郎は黙って聞いていた。世の中は、織物の縦糸と横糸のように絡んでいる。縦糸は伸びないが横糸は伸びる。その隙間に、ぽつんと落ち込んだようなものだと、綾麿は言った。

「私は、それこそ、相州小田原《そうしゅうおだわら》の外れにある小さな村の出でね、江戸に来てから、ならず者まがいの暮らしばかりしていた。人殺し以外なら、大抵のことには手を染めてきた。でもね、心の奥底では、このままじゃいけないと思ってるものですよ。綸太郎さんのようなぼんぼんには分からないでしょうがね」

「そんなことはない。俺も随分と……ま、いい。それで、綾麿さん。あなたは、他の世から、こっちへ来て、心を入れ替えたとでも言うんか」

と綸太郎が話を元に戻すと、綾麿は身の上話を続けた。

「そうです。元の世では、お上に追われることばかりしてましたからね……ああ、神楽坂あたりをよくうろついてる北町奉行所同心の旦那ね。あの人にも何度も捕まりそうになりましたよ」

「ああ、内海の旦那ね」

下手人を捕らえる執念だけは誰にも負けない同心で、色々な事件で綸太郎とも関わっているが、ただの強面《こわもて》ではなくて剣術の腕も並ではなかった。だが、捕り物のことになると、己の信念を曲げないから、思い込みで人を追いつめることもしばしばある。とにかく、スッポンのように食らいついたら放さない。

「その内海の旦那から、よく逃げられたものやな」

綸太郎がからかうように言うと、綾麿はわずかに照れくさそうに笑って、

「はい……それが、おみつとやらが、飛び出て来た『近江屋』の着替え部屋に逃げたからなんです。もっとも、私はもう三年も前に、こっちに来てますがね」

「やはり、あの鏡は、他の世とこの世を繋ぐ管のような役割を果たしているのかいな」

「ですから、あんなものは早く割ってしまった方がいい。この世を安定させたいのならば、ね。でないと、縦糸と横糸が乱れて、縫い物が破れてしまうかもしれません」

「そうやない。おまえが元の世に戻るのが怖いだけと違うか？」

「それもありますが、綸太郎さんだって、他の世に行くかもしれませんよ」

と綾麿はもう一度、小刀を掲げて、「元の世では、実はこれも、おたくから盗んだんですよ。間抜けな番頭さんの目をかすめてね」

「ほう……ってことは、おまえのいた世では、俺が神楽坂で店を持っているのは同じか」

「そうです。そこで色々なものに魅せられて、刀剣というのは面白いなと思いましてね、自己流の勉学を始めたんですよ。もちろん、元の世で、綸太郎さん……あなたにも少々、教わりました。筋目や反《そ》りの塩梅《あんばい》などによって、刀匠の癖を見抜くコツをね」

そう言って、また微笑する綾麿の少し灰色がかった瞳を見て、綸太郎は尻の穴がむずむ

ずする感覚に囚《とら》われた。

——待てよ。

と綸太郎は思った。おみつの話があって、自分は〝異世界〟の話を脳裏に刻んでいるが、綾麿の話をそのまま信じるのは危険だと感じた。爪の間に棘《とげ》が刺さったまま抜けないような不快感が全身に漂っていた。

「信じてくれないのですか？」

すぐさま綾麿は、綸太郎の思いを見透かしたように言ってから、「私はあなたに感謝してるのですよ。刀剣の魅力を教えてくれたあなたに……だからこそ、〝この世〟に来たときに、迷わず『利休庵』を通じて本阿弥本家に取り入り、目利きを学んだ」

「うむ……」

「お陰で、こっちの浮き世では、盗みやカツアゲをしなくて済んだ。まっとうに生き直すことができたんです」

「ほなら、なんで本阿弥ではなく、俺のところに来なかったのや？」

「こっちへ私が来たのは、三年前のことだと言ったでしょ。〝この世〟ではまだ、綸太郎さん、あなたはまだ神楽坂に『咲花堂』を出していなかった。『日輪屋』はありましたがね」

「…………」

「ですから、綸太郎さん。私はこう思うんです。おみつだって、無理に元の世に戻すことだけが幸せではない。こっちで幸せに暮らすことだって出来るんじゃないですかね」

「そうかもしれへんが、おまえと違うて、おみつは〝向こう〟じゃ幸せに暮らしていたんや。女房がいなくなったって、そりゃ大騒ぎしとるだろう、もう一人の謙作もな」

綸太郎はそう断じてから、改めて綾麿に訊《き》いた。

「もし、戻す手だてがあるのなら、教えて欲しい。このとおりや」

頭を下げた綸太郎をじっと見ていた綾麿は、承知したと頷いて、

「でも、ひとつだけ条件があります」

「……条件」

「上条家の秘伝をお教え願えませんか」

「それは、どういう意味や」

「折角、こっちの世では、わずか三年で、『利休庵』と深いつきあいができるくらいになったのや。どうせなら、『咲花堂』と比肩するくらいの大物になりたいんですわ」

「別に俺は大物やない」

「綸太郎さんはともかく、お父さんの雅泉さんとも真っ向から勝負できるくらいになりた

いんですよ。そのためには……」

「断る。刀剣目利きは家柄でするものではないし、奥義いうものは自分で見い出すものや。それに俺とて、親父から教わっていないものは仰山ある」

「ですが、〝三種の神器〟を探しているのではないのですか」

仰《の》け反《ぞ》りそうになるくらい綸太郎は驚いたが、綾麿は冷静に見ている。

「どうして知っているかと思ったのでしょ？　あっちの世の綸太郎さんは、目の前のあなたよりも、ちょっとお話し好きのようですな」

「…………」

「その在処《ありか》……向こうの世の綸太郎さんは、粗方《あらかた》、分かってましたよ。そりゃ、何年か早く〝江戸入り〟してるのですから、探してますわな。もちろん、私も聞いたことがあります」

綸太郎は思いも寄らぬことに、あんぐりと口を開けていた。

七

その夜、綸太郎は一睡もできなかった。綾麿の話が脳裏にこびりついたまま離れなかったのである。

綾麿の話が嘘でないことは、目の前にある一文字の小刀が物語っている。何度もひっくり返しては睨《にら》むように見ている綸太郎の鬼気迫る姿に、峰吉は呆《あき》れ返っていた。

「若旦那。しっかりして下されや。そんなバカな話がありますかいな。あの世だの、この世だの……頭、どうかしはったんですか。いつもなら、もっと冷静に道理を見据えるお人やありまへんか」

綸太郎の心が病んでしまったのかと、峰吉は心配していたのだが、あまりにも一途なので、怖いくらいだった。

「錦小路綾麿なんて、公家を装った胡散《うさん》臭い名を名乗る奴の話なんぞ、信じるに足りまへんで。『利休庵』から、私ちらっと聞いたことがありますが、あまりいい噂はありまへん。素性の分からん奴やから、気をつけといた方がええというのが、骨董仲間では話されてます」

「うむ……」

「その小刀を見せたお陰で、本阿弥本家にも出入りできたと言うやないですか。つまりは、『咲花堂』を利用した輩《やから》でっせ」

「分かっとる。俺は、いなくなった桃路が心配なだけや」

「そないなこと言うたかて……」

「もし、おみつと同じ身の上になってるのなら、きちんとこっちに戻してやりたい。そのためには、綾麿の力がいるのや」

「そんな力があるのどすか」

「恐らくな。あいつには、俺にない計り知れぬ何かがある。それを利用したいのや」

「そやけど、若旦那が心配してても、桃路の方は案外、〝別の世〟とやらで、面白おかしく暮らしてるかもしれまへんで、綾麿みたいに新たな人生を……ああ、私も別の人生を歩いてみたい。毎日毎日、若旦那に気を使うて、苦しい思いをせえへんような」

「峰吉。そんなに嫌なら、辞めて貰うてええぞ。別の世に行かんでも、新しい人生、今からでも遅うはない」

「わ、若旦那……冗談でんがな」

と情けない顔になって哀願するように腰を折る峰吉を、綸太郎は横目で見て、

「綾麿の話によると、もうひとつの世の峰吉も随分とおっちょこちょいやったそうや。何処に行っても同じやで」

「もう堪忍してくれなはれ」

「だったら峰吉。この小刀のことはともかく、綾麿に近づいて、さりげなく徳川家康に奪

われた上条家の宝物《ほうもつ》の在処を探ってみい」

「上条家の……」

「ああ。おまえにだけは言うとくが、俺が江戸に来た狙いのひとつは、そこにある」

もちろん綸太郎は、〝三種の神器〟については語らない。それが揃ったときには、幕府目利所の本阿弥本家と上条家の何代にもわたる諍《いさか》いにも決着がつくかもしれないからだ。

しかし、それは思いがけず聞かされた綾麿の話から、綸太郎の心の奥底で燻《くすぶ》っていた永遠の美に対する憧《あこが》れと欲望が燃え上がったとも言える。己の気持ちを制していかねば、刀剣や骨董に魅入られた者が陥りがちな、ひたすら手に入れたいという執着だけに囚われることとなる。

「若旦那……やっぱり、おかしいおっせ。上条家の宝物のことはともかく、おみつのことにはもう関わらない方が……」

峰吉の心配は、『近江屋』の怪しい鏡に綸太郎自身が吸い取られることだった。

「とにかく、もう寝てくれなはれ。難しいことはまた明日、考えまひょ」

「そうやって何十年も易《やす》きに流されて来たのは何処の誰や？」

「ほんま、おかしいでっせ。若旦那らしゅうない、皮肉なんて……」

と峰吉が本気で案じたとき、ドンドンと表戸が叩かれた。

「ほら。さっきから、なんや嫌な気がしてたんや……誰や、こんな刻限に」

峰吉が胸のあたりを撫でながら、玄関に近づくと、表から内海弦三郎の声がした。

「おい、『咲花堂』、いるか！」

「おるかて、『咲花堂』は動きまへんがな」

締め切っていた内側の木戸を開け、玄関の白木の格子戸を開けると、そこには眉毛を吊《つ》り上げた内海が立っていた。小雨が降っていたのか、小銀杏《いちょう》が濡れており、雨足が提灯に映し出されていた。

「どないしたんどすか、内海の旦那」

闇の中にぼんやり浮かんだ内海の顔がぬっと近づいて来るなり、峰吉は横に押しやられた。我が物顔でズイと店内に入るのへ、

「あ、気をつけておくれやすや」

と峰吉は注意を促した。腰の刀で貴重な骨董品を倒されて割られたこともあるからである。本当に侍は、自分が差しているくせに、後ろ鞘に気をつけないから困る。

「咲花堂……おまえ、おみつという女を知っておるな」

唐突に綸太郎に問いかけた内海の顔を見ただけで、何か大変なことが起こったことを察することができた。

「はい。知ってますよ。もっとも、会ったばかりですがね」

「その女が、内藤新宿で、ある男を刃物で刺し殺して逃げた」

「ええ!?」

「江戸府内に逃げ込んだらしいから、夜中まで探索してるんだ」

「そ、そんな……!」

　綸太郎は驚いて思わず腰を上げようとしたが、あまりの衝撃にすんなり立てなかった。ぐらりとなるのを柱で支えてから、

「一体、どういうことです、内海さん」

「どうもこうもない。『東屋』という一膳飯屋の主を殺したのや。そして、事もあろうに、そこで働いていた娘たちを逃がしてやった」

　その一膳飯屋は〃別の世〃で、おみつが働いていた店である。主が守銭奴で酷い男だということも言っていた。だからといって殺すとは、一体、何があったのか、綸太郎には信じられなかった。とても殺しをするような女には見えなかったからである。

「まずは、どういう関わりだったか、本当のことを話して貰いたい」

　と内海は険しい顔を向けた。綸太郎はどう答えてよいか、言葉を探すのに困ったが、事実を語るしかあるまいと覚悟をした。

店の表には、岡っ引が二、三人と御用提灯をかざした捕方がうろついている。おみつが『咲花堂』に逃げて来ていると疑っているようだが、綸太郎はそれを否定してから、おみつの身に起こった奇妙な話をしてみせたが、案の定、内海は小馬鹿にして笑うだけだった。

「こっちは真面目に探索してンだ。あんたと俺の仲だから穏便に話をしてるんじゃねえか。どうだ。行方を知ってるなら話せ」

「知りまへん」

「まことか」

「ほんまどす。なあ峰吉……」

と綸太郎は救いを求めるように峰吉に同意を求めた。

「ほら、見なはれ。妙なのにかかずりあうから、いらん疑いを持たれるんどす」

峰吉は苛立《いらだ》ちを隠しきれない様子で悪態をついてから、「内海の旦那。こっちが勘弁して欲しいくらいどす。そんな危ない女とは、こっちは知りませなんだ。すぐにでも、とっ捕まえて、獄門でもなんでもして下さいな。なんどすか、その疑いの目は。だったら、家の中を好きなだけ探しとくれやす」

言われるまでもなく、内海は岡っ引たちを呼んで、奥から二階の隅々まで探させた。もちろん、誰もいなかった。

「ふうむ……」

内海は深い溜め息をついたが、手がかりは綸太郎だけだという。実は、おみつの実家と思われる所にも岡っ引を走らせたのだが、

――娘はおりません。

とはっきり言われた。名主を調べても、おみつなんて女はいない。

「困りましたな。俺もほんとに……」

知らないと言いかけた綸太郎に、内海が別の問いかけをした。

「ならば、謙作はどうだ。飾り職人だ。おまえが訪ねて来たことは、宿の者や天麩羅《てんぷら》屋が話していたぞ」

「ですから、その人とも、一度会うただけです」

「おみつは、その男と逃げた節もあるのだ」

「そやったら、旦那。もしかしたら……」

と言いかけたが口をつぐんだ。

「なんだ」

「いいえ。なんでもありまへん。とにかく、疑いが晴れたのなら、もう眠たいし、勘弁し

てくれなはれ」

丁寧に頭を下げる綸太郎を、内海は何かあるなと疑いの目で見ていた。

八

明けの明星が東の空に燦《きら》めいていた。江戸ではぱらついていた雨が、高井戸を過ぎたあたりから止《や》み、さっと雲が切れた。

薄暗い甲州街道に、二人の姿が浮かんだ。おみつとその手を引いている謙作である。おみつは何処かで足を痛めたのか、杖《つえ》をついていて歩きにくそうである。

「謙作さん……本当にいいのですか？」

遠慮がちに問いかけたおみつに、謙作は微笑み返して、

「何を言い出すんだ。違う世では、俺と夫婦なんだろ？　大丈夫、必ず守ってみせる」

「でも、このままでは、あなたに迷惑がかかる。〝この世〟にいない人間のために、あなたが危ない目に遭うことはありません」

「余計な心配はいい。私の父は……」

「知っています。本陣の主人で問屋場も任されている立派な御方。だからって、私なんか

のために頼るつもりですか」

「このまま江戸にいれば、それこそ獄門台に送られる。やってもない罪のために、殺される謂《いわ》れはない」

おみつが一膳飯屋『東屋』の主人の万兵衛に会ったのは、綸太郎が内藤新宿を去った直後のことで、まったくの偶然であった。

綸太郎はおみつのために宿屋の手配をして帰ったのだが、それが『東屋』とは目と鼻の先だった。

万兵衛は町のごろつきを使って、飯屋の小女《こおんな》のおゆきを殴る蹴《け》るして、店に連れ帰ろうとしていたのだ。店に連れ帰るとは、男に抱かせるということである。

おゆきは当然、おみつのことなど知らない。だが、おみつから見れば、毎日、一緒に苦労をしていた娘だった。顔にこそ傷がついていないが、人目につかない背中や足には、それこそ痛々しい傷がついているのだ。

おみつはあまりの乱暴を見かねて、

『よしなさいな。嫌がってるじゃないか。おゆきちゃん、さ、こっちへおいで』

と庇《かば》ったものだから、短気な万兵衛はいきなり刃物を突きつけて、

『ねえちゃん。余計な事に口出しはしねえ方が身のためだぜ』

『いいから、放しなさい。でないと、あんたの悪さ、一切合切、お上に話すよ』

『俺の悪さだと？』

見たこともない女から脅されるとは、これも一興だと、万兵衛は余裕の顔で、おみつを睨《にら》みつけていた。おみつは今日一日で絶望の淵に追いつめられていた。誰も自分を知らないのだ。夫の謙作すらも。どうせ自分のいない世の中だ。ここで死んでも誰も悲しむ者はいない。そもそも存在していないのだから、死んだところで何も変わらないと居直って、おみつは口汚く罵《ののし》った。

『おい、万兵衛！　この際だから言わせて貰うよ。あんたは、お上の許しも得ず、飯屋の娘に男を取らせてる。ああ、そんなことは誰もが知ってるって？　でもね、それで稼いだ金は冥加金《みようがきん》として払いもせず、ぜんぶ自分が懐にしてる。それだけじゃない。秘密の賭場も開帳してるし、そこで負けが込んで、金が返せなくなった奴に、盗みまで働かせてるじゃないか』

『な、なんで、そんなことまで……』

『ああ、知ってるよ。でも、あんたに雇われてる身では、怖くて言えなかった。だから、この際、ばらしてしまうよ。お恐れながらと出る所に出れば、お上はきちんと調べるだろうからね』

万兵衛はなぜ、目の前の見たこともない女が自分の悪事を知っているのか気味悪がったが、咄嗟《とっさ》におみつの腕を摑《つか》むと路地に連れ込んで刺し殺そうとした。

ところが、運の悪いことに溝の羽目板がずれていて、転んでしまった。あっと地面に手を突こうとしたが、その弾みで、手にしていた匕首《あいくち》が胸に突き刺さった。それを見ていたごろつきたちは驚いて、逃げたのである。岡っ引に調べられれば、昔の襤褸《ぼろ》が出る。面倒に関わりたくなかったからだ。

だから、その場にいたおみつが、万兵衛を殺したと疑われてしまったのだ。

「いいかい、おみつさん。おまえは悪くない」

と謙作は震えるおみつをしっかりと抱き締めて、甲州街道を西へ急いだ。

「おまえは悪くない。奴は……万兵衛はそれこそ、宿場でも鼻つまみ者だったのだ。あれは自業自得だ。閻魔《えんま》様に睨まれてのことだろうよ。ああ、あの溝の裏手には、閻魔堂があるのを知ってるだろ」

「…………」

「とにかく、日野の私の家に来て、それから先のことは、ゆっくり考えよう。ああ、そうしよう、そうしよう」

おみつは謙作の親切が嬉《うれ》しくてたまらず、涙が出そうになってきた。ぎゅっと握り締めてくれる手は、いつもの謙作の手だ。温もりも、ごつごつした感じも、そして匂いも、すべてが自分の知っている謙作だ。

そう考えていると、おみつは少し酔って帰って来た謙作をなじったことを、今更ながら悔やんだ。目の前の謙作に従いながらも、元の世の謙作が悲しんでいる姿を思い浮かべると切なくなってきた。

多摩川《たまがわ》を渡る手前の谷保《やほ》辺りに来たときである。

すっかり明るくなっており、野良仕事に勤《いそ》しんでいる人たちを街道から眺めながら急いでいた二人の前に、体の大きな男が二人立ちはだかった。縞《しま》模様の半纏をはしょり、十手で肩をポンポンと叩いている。どうやら、川船で伝令が早手回しについて、お上の手の者が待ち伏せていたらしい。

「謙作さん。あっしですよ」

と声をかけてきたのは、谷保村の蜂蔵《はちぞう》という十手持ちだった。もっとも普段は野良仕事と小さな茶店をやっていて、十手を持ち出すことなどめったにない。谷保村は、〝野暮〟の語原だという俗説があるが、謙作にとっては日野から川を跨いで繋がりがあったから、馴染みがある。長閑《のどか》でよい所だと思っていた。

「いけやせんや、謙作さん。本陣のお父さんに迷惑をかけるようなことはよしなせえ」

既に話も聞かされているのであろう。連れの下っ引も関取のような体格で、逆らえば容赦なく張り倒すとばかりに二人を睨みつけて、肩を回していた。

「蜂蔵の親分なら話が早い。これには色々と訳があるんだ。ここんところは見逃してくれないか。後で、親父から話をつけるから」

「そうは言われましてもね、いけねえことはいけやせんよ」

蜂蔵は屈強な体格だが、決して乱暴者ではなく、筋道をきちんと通して話す男だった。ただ、四角四面なところがあって、それで情け知らずだと誤解されることがある。

「親分の立場もよく分かる。でもな、この人は何もしちゃいないんだ」

「何もしてないのなら、江戸に戻って、きちんと話をするべきじゃありやせんか。もっとも、事を起こしたのは内藤新宿というじゃありやせんか。だったら八州様……勘定奉行様の差配だ。あっしが捕らえて、きちんと始末をつけやすから、任せておくんなせえ」

「すまん、親分……このまま、行かせて貰うよ」

と謙作は強引に先へ行こうとすると、下っ引ががっと摑みかかってきた。だが、謙作には柔術と剣術の心得がある。あっという間に投げ飛ばして、そのまま逃げようとした。

「謙作さん！」

蜂蔵は仕方がないと顔を歪めて、呼び子を吹いた。途端、近くの藪《やぶ》に潜んでいた捕方たちが数人現れて、一斉に謙作とおみつに躍りかかった。こうなれば、幾ら腕に覚えのある謙作でも観念せざるを得なかった。

「――謙作さん！」

「おみつさん……済まない。役に立てなかったな……」

地面に押しつけられた二人は、無念そうにひれ伏していたが、お互いにじっと見つめ合っていた。

九

谷保天神の境内に、番屋があって、江戸からの迎えが来るまで、おみつと謙作は後ろ手に縛られたまま待たされた。日野宿の本陣にも、謙作が咎人《とがにん》を逃そうとしたことが伝わっているに違いない。

「本当に……迷惑ばかりかけてしまいました」

と殊勝に頭を下げるおみつを、謙作の方が慰めた。

「そんな他人行儀なことを言うなよ。俺たちは夫婦なんだろ？」

「……はい」

「だったら、礼なんて……当たり前のことをしてるだけじゃないか」

「でも、どうして、ここまで親切に……」

「言っただろう。初めて見たときから、なんとなく、前にも会ったような気がしてね」

「ごめんなさい……」

「だから謝るなって。これからは、俺がおまえを背負っていってやる」

おみつは謙作と出会った頃と同じせりふを聞かされて、ふいに涙が溢《あふ》れてきた。

番屋の囲炉裏端であぐらをかいている蜂蔵は、おみつのことを睨むように見ながら、

「どこのどういう女か知らないが、謙作さんを惑わすようなことはしねえでくれ。ぼんぼん育ちだからよ、女のことなんぞ、ろくに知りもしねえんだ。ちょいとばかり手先が器用だからって、本業を忘れて作り物に勤しんでいる。ま、好きでやってるうちはいいが、商売にしようとするなんざ、本陣の息子のすることじゃねえ。な、謙作さん……ちいと思い直して、親父さんの気持ちも考えてやらねばなあ」

と説教するのだが、謙作の耳にはあまり届いていない様子である。

蜂蔵も、心の中では、謙作を咎人扱いしたくないのだが、江戸からの使いが来るまで

は、きちんと見張ってなくてはいけない。男と女の道行きとなれば、心中だってありえる。だから、じっと監視しているのだ。


その日の昼下がり、番屋の戸を叩いたのは、綸太郎であった。

「——若旦那……！」

綸太郎は縛られている二人を見て、小さく頷くと、番屋の土間に足を踏み入れた。腰には小太刀の名刀〝阿蘇《あそ》の螢丸《ほたるまる》〟がある。

「蜂蔵だな」

と綸太郎は威厳ある口調で言った。

「旦那は？」

「俺は刀剣目利き『神楽坂咲花堂』が主、上条綸太郎や」

「か、上条……」

と蜂蔵は一瞬、緊張すると組んでいたあぐらを直して、正座になった。その変わり身の速さに驚いたのは、謙作とおみつの方だった。

「勘定奉行からも話は届いてるとは思うが、ここは俺の顔を立てて、任せてくれるな」

「へ、へい……それはもう……」

「ほな。二人を預かって江戸に帰る」

「さようですか。ならば、川船を使うのがよろしいでしょう。すぐ船頭を呼びます」

「ああ。そうさせて貰う」

蜂蔵が二人の縄を解き、番屋から出て、川船を手配している間に、謙作とおみつはそれこそ地獄に仏と頭を下げた。が、何故、綸太郎が名乗ったのに対して、蜂蔵が急に態度を改めたのか不思議そうだった。

何のことはない。江戸はともかく、諸藩や関八州の役人筋で、上条綸太郎の名を知らぬ者はいない。諸国を旅をしていた折には、綸太郎を客人に招いた大名も数々いた。穿《うが》った見方をする者の中には、幕府目利所の本阿弥家の傍流ゆえ、隠密探索をしているのではないかとの風評も飛び交っていた。

もちろん、それは違う。綸太郎は上条家本家を飛び出して、様々な風土の中で育《はぐく》まれた、色々な刀剣と書画工芸を見て歩きたかっただけである。

すぐに川船で多摩川を下った。調布《ちょうふ》で降りた三人は陸路を江戸に戻り、すっかり暗くなってから、四谷《よつや》の大木戸を潜った。

綸太郎はそのまま、神楽坂に二人を連れて行き、呉服屋『近江屋』の前に立った。

主人の平右衛門は待ちかねていたように、

「よう、おいでなすった」

と丁寧に頭を下げた。何事かと、おみつは不思議そうな目をしていたが、振り返ると、そこには綾磨も立っていた。

謙作は綾磨とも面識があるので、どういうことかと尋ねたが、綾磨は少し面倒臭そうに頷いて、

「後は、若旦那に聞いてみるがいい。私はここで失礼するよ。何、礼なんぞ、いらぬ。私も、おみつさんとやら……と同じ身の上なのでね」

とだけ言って立ち去ろうとした。

綸太郎はその背中に、ありがとうと声をかけた。綾磨は背中を向けたまま、

「まあ、これから、おつきあいさせて貰うための、手土産と思って貰えば結構……若旦那。よろしく頼みますよ、あの話」

そう呟くように洩《も》らしてから、狸小路の闇の中に消えて行った。

「一体、何があるのです、綸太郎さん」

謙作が声をかけると、綸太郎はふいに空を見上げて、

「今日はいい塩梅に満月が出てる」

「え……？」

「古《いにしえ》から、月夜には何かが起こる。きっと、おみつさんが、〝別の世〟で謙作さんと喧嘩をした夜も、こんな月夜だったのではないかな？」

「……は、はい」

綸太郎は、鏡の骨董に詳《くわ》しい綾磨から聞いていた話通りに、おみつを着替え部屋に招き入れた。炷《た》かれた香の匂いが仄《ほの》かに漂っている。気持ちを落ち着かせるためのものだった。

「いいですか、おみつさん。今から、半刻ばかり、ここに一人でいて貰う」

「…………」

「この鏡の前に立ってみてくれ」

言われるがままに、おみつは立った。姿見に等身大の姿が映っている。わずか一日か二日の間に、ずいぶんとやつれたような気がする。

「この姿見の後ろに……」

と綸太郎は同じような鏡を立てて、おみつの背中を映した。部屋には天袋のような逃げ道はないが、小さな天窓があって、そこからわずかに月光が洩れている。

鏡の中に、丁度、小さな天窓から見える月が映ったとき、異変が起こると言われている。それが綾磨の説明だ。ただ、この天窓を丁度、月が通過するのは、年に何度かしかない。しかも月が鏡に映らなければ、別の世との通路はできないという。

「若旦那……話は分かりますが、おみつは本当に元の世に戻れるんですか？　またぞろ他の世に行くくらいなら、この私が……」

面倒を見ると謙作は言った。

「いや。引き潮と満ち潮みたいなもので、元に引っ張られるらしい。それに、おみつはここにいる限り、しつっこい内海の旦那に追いかけられるやろ」

「でも、何も……」

「してなくとも、たとえ誤って相手が死んだとしても、少なからず責められる。本来なら、きちんと調べを受けるべきやが、この世におらん人やからかえって面倒も起こるやろ」

「――はい」

謙作は覚悟をしたようだが、せっかく出会ったおみつとの別れを悲しむような顔になって、もう一度、手を握り締めた。

「おみつさん……」

「謙作さん……」

しばらく見つめ合っていたが、おみつも決心したように頷いた。そして、おもむろに着

替え部屋に入ろうとしたとき、

「あ、これを……これを、どうぞ」

と、おみつは髪に挿《さ》していた簪を抜いて、謙作に手渡した。

「これは、元の世の謙作さんが作ったもので、とっても人気が出たものなんです。若い娘さんにも、年配の方にも……これと同じものを作れば、あるいは謙作さん……あなたも立派な飾り職人になれるかもしれません。どうか、頑張って下さいね」

謙作はその刀のように輝く、すっと伸びた素朴な形状を見て、大きく頷いた。

おみつはもう一度、感謝の言葉を述べて、着替え部屋に入った。そして、ゆっくりと襖を閉めた。しばらく、おみつは嗚咽するような息づかいをしていたが、謙作は、何があっても開けてはならぬという綸太郎の指示どおりに目を閉じて我慢をしていた。

やがて、嗚咽の洩れ声も小さくなって消えた。

綸太郎たちからは見えないが、月光が小さな天窓から、姿見に差し込んでいるのは容易に想像ができる。姿見と、それに対面する鏡とに複雑に反射して、蜘蛛《くも》の糸のように乱れ飛んでいるに違いない。その光の交錯の中で、おみつは何を思っているのであろうか。

音もなく静かに、月は通り過ぎた。

そして、半刻が静かに流れ去った。

綸太郎に促されて、謙作がそっと襖を開けると……そこに、おみつの姿はなかった。ただ、二枚の鏡が合わさるように立っているだけであった。


そんな事件があってから数日経った昼下がりのこと。

からころと下駄の音がして、『咲花堂』の格子戸が開いた。がらっと音がすると同時に飛び込んできたのは桃路だった。

「若旦那ア！」

「おう。桃路やないかッ」

綸太郎も喜びを隠せない笑顔になって、桃路に歩み寄って抱き締めた。

「心配しとったんやで。何処に行ってたんや。いつぞや、菖蒲の鉢を持って来たときの着物のままやないか」

「ほんとうに、若旦那なんだね」

「ああ。俺や……」

「ほんとうに、ほんとうだね」

と言った途端、桃路は急に涙ぐんだかと思うと、わあわあとしがみついて泣き崩れた。

「怖かった……ああ、怖かった……あたしね、変な世に行ってたんだ。ほとんど同じ世の中なのに、あたしだけいないの……けど、若旦那はいた。その世の若旦那は、とっても親切で、私のこと可愛がってくれて、色々と助けてくれて、とっても……ああ……」

もう一度、抱きついてから、

「頭がおかしくなったと思わないでね。本当のことなんだから、ねえ、旦那……」

「ああ。分かる、分かってるよ」

ひとしきり泣いてから桃路は、ひとつの金細工の根付けを出した。

「これ。向こうの若旦那が、くれたんですよ。満月の夜の思い出にって」

「………」

「あ、それから、これ……もう一人の若旦那にって」

と一通の封書を差し出した。

「若旦那が探してる上条家の大事なものの在処が書かれてるんですって」

「！……」

「私にはよく分からないけれど……でも、よかった。ほんとに本物の、若旦那よね？」

さらに抱きつく桃路を綸太郎がしっかりと受け止め抱くと、何処からか猫の鳴き声が聞こえてきた。奥の部屋から覗いていた峰吉はやはり呆れ顔で、

「春の陽気はとうに終わってるというのに……まったく江戸という所は、おかしな者があ

ちゃこちゃにおるのやな」

と呟きながら縁側に座った。

神楽坂一帯に、初夏の香りを乗せた風が流れるように吹きすさぶ午後だった。

第二話　藁《わら》の器

一

真っ青な空にかんかんと日が照っている。風がないので蒸し暑い。地面から湯気が立ち上っているようにさえ見える。

汗っかきの峰吉は膝《ひざ》に絡みついてくる着物の裾《すそ》を、何度も片手で払うようにしながら歩いていた。神楽坂から遥々《はるばる》、今戸橋《いまどばし》にある紅問屋『出羽屋《でわや》』まで美濃《みの》茶碗を届けに行っているのだが、大川端まで来ても、凪《な》いだように川風もなく、じっとり体中に汗が広がるばかりであった。

「なんや、若旦那は……こんな日に限って、私を使いに出してからに。そんな大切なお客はんなら、自分で届ければええのや」

ぶつくさ言いながら歩いていると、飛脚が路地から飛び出して来て、ぶつかりそうになった。咄嗟《とっさ》に相手が避けたものの、峰吉は驚いて茶碗を包んでいる風呂敷を落としそうになって、

「危ないやないか、こら」

と声を発したときには、飛脚はもう一町（約一〇八メートル）ばかり向こうに走り去っ

ていた。

――えらい速いなあ。

と妙に感心しながら、峰吉は気持ちを持ち直すと同時に、茶碗をしっかりと抱え直した。なにしろ百両もする名品である。落として割ったりすれば、綸太郎に合わせる顔がない。

美濃焼の中でも、瀬戸黒《せとぐろ》と呼ばれるもので、文字通り漆黒の器である。光沢のある黒は、高温の火で焼いたものを窯《かま》から出して、急に冷やしたがために出来る。〝引出黒〟と呼ばれて艶《つや》があるものだから、千利休《せんのりきゅう》や古田織部《ふるたおりべ》らにも好んで使われたようだが、作られた時期は室町《むろまち》末期から江戸初期だけで、文化文政《ぶんかぶんせい》の今の時代には作られていない。廃《すた》れたのではなく、土や釉薬《うわぐすり》の関係で作れなくなったのである。

それほど貴重なものだから、好事家《こうずか》が高値をつけてでも欲しがるのも分かる。

大通りばかり通っていると、いつ荷車や棒天振《ぼてふ》りにぶつかるか分からないので、あえて路地をゆっくり歩いていた。

だが、どこをどう歩いても出会い頭に……ということはあるものだ。むしろ、避けたいと思っていたときほど、ぶつかったりする。これは心と体が緊張して、普段ならできる程度の動きでもとれなくなるからだ。

目の前に、女が飛び出して来た。

アッと思ったときには、ごろんと腰から転がっていた。

峰吉の手から風呂敷包みごと瀬戸黒の入った桐箱が離れ宙を舞い、地面に叩《たた》きつけられた。ガチャンと割れた音がした。

「ああ……なんちゅうことを……ああ」

情けない声で起きあがろうとする峰吉に「すみません」と手を貸したのは、年の頃は二十過ぎの艶っぽい女だった。淡い紫に白や黄の小さな花びらを散らしたような着物に、草色の帯をきりりと締めている。一見して、まさに瀬戸黒のような濡れた瞳である。

だが、峰吉の心はときめかなかった。いつもなら、鼻の下を伸ばしたくなる美形だが、高い茶碗が割れたことに心が奪われていたからである。

桐箱は割れていない。しかし、懐に抱き寄せるようにして開けてみると、中の瀬戸黒はまるで黒砂糖で作った菓子のように散らばっていた。

「あかん……これは、どうしようもない……」

峰吉の頭の中は真っ白になった。そのまま地面にへたり込むのを、女は実に申し訳なさそうに眺めていた。

「申し訳ございません。私が急に飛び出したばっかりに」

「ほ、ほんまやで……あれだけ気をつけてたのに……ああ、これで終《しま》いや……私の番頭としての命も……この茶碗と同じで、木っ端微塵《こっぱみじん》や……」

「本当に済みません」

女は丁寧に頭を下げて、もう一度、峰吉の腕を取ろうとしたが、振り払って、

「謝って済むもんなら、私かて若旦那に何度でも頭くらい下げまんがな。ああ……」

困った顔で女は立ちつくしていたが、いつの間にか集まった人の影に、峰吉は恥ずかしそうに立ち上がった。だが、このままでは店に帰ることもできない。胃の辺りが急に締めつけられるようになって、

「あかん……このまま死んでしまいそうや、はあ、どないしょう」

と世の終わりのように呟《つぶや》いた。その皺《しわ》くちゃな顔があまりにも哀れだったのであろう。

女はいたく同情した目になって、

「本当に私のせいでございます。弁償をさせていただきます」

「弁償……ふん。そりゃ無理な話や」

峰吉は女を値踏みするような目つきで見ながら、「どこの大店の御内儀《おないぎ》か知りまへんが、これはそんじょそこらのものとは違うのどす。世の中にふたつとない逸品。しかも、百両もの値がついてる美濃茶碗で、お客はんに届けに行くとこだったのや」

「世の中にふたつとない……ですか」

「そや。焼き物はどれかて、そうや。まったく同じものはない」

「それでは人と同じですね」

「え？」

「人もそれぞれ、同じ人は二人といませんものね」

こんな時に悠長なことを言いやがってと峰吉は少し腹が立ったが、女の次の言葉で怒鳴《どな》ろうとしたのをやめた。

「それが百両ならば、百五十両でご勘弁くださいまし」

「ひゃ……百五十両……」

峰吉は驚いて声が掠《かす》れてしまった。

「はい。今、丁度、それしかありません」

と信玄袋《しんげん》ごと手渡して、「もし足らないのであれば、後でまたお支払いに参ります。本当に申し訳ございません」

ずっしりとしている信玄袋を、峰吉は恥ずかしげもなく、すぐさま開けてみた。すると、切餅小判がどっさり入っている。

「あ、いや……これは本当に……いやあ、助かる。おおきに」

と峰吉は素直に言ってしまった。

頭の中で咄嗟に、五十両の儲《もう》けだと判断したからである。瀬戸黒を欲しがっていた紅問屋『出羽屋』には話をすれば、割れたのだからと諦《あきら》めるに違いない。若旦那に叱《しか》られるのは仕方がないが、百両を弁償して貰《もら》ったと言えば納得するであろう。

「そやから、五十両の儲け。ふひひ」

口の中で呟いた峰吉を、女はずっと申し訳なさげな顔のままでじっと見つめていた。

その純真そうな黒い瞳に思わず目を逸《そ》らした。峰吉は、狡《ずる》いことを考えたことには間違いはないが、悪いことをしているわけでもないはずなのに、女の視線が痛くて愛想笑いをした。

「でも、娘さん……こんな大金、ほんまによろしいのですか？」

「はい。私が悪いのですから」

と女は微動だにせずに顔を見つめている。

峰吉はこれほど真《ま》っ直《す》ぐな瞳を見たことがない。恥ずかしさと、本当に百五十両も貰ってよいのかという後ろめたさがあったが、女は金に困っているふうでもない。

足下にはまだ粉々になった茶碗が落ちている。それを拾い上げて、

「さよか……では遠慮のう、戴《いただ》きますわ」

と峰吉が頭を下げると、女は微笑《ほほえ》み返した。

「——では」

「あ、お待ちなされ」

「はい」

「まあ、なんや。おたくが悪いちゅうても、これだけの金を貰って何処《どこ》の誰か知らんのはちょっと……私は神楽坂……」

「『咲花堂』の番頭さんですよね」

「知ってはったんか？」

「そりゃ、有名ですから」

「ほ、ほんとに？」

柄にもなく峰吉はちょっと嬉《うれ》しくなった。

「で、あんたはんは」

女は少し名乗るのをためらったようだが、思い切ったように、

「私は……私は湯島《ゆしま》で『天神屋《てんじんや》』という太物《ふともの》問屋をしております。おみなと申します」

「絹問屋……若いのに、女主人か」

「はい」

峰吉はあまり聞いたことのない絹問屋だと思ったが、当人が名乗るのだから、それでええやろと思って、

「では、これ、ほんまにおおきに」

もう一度頭を下げて、『出羽屋』の方へ歩き出した。

しばらく行って振り返ると、女の姿はもう人混みに紛れて見えなくなっていた。峰吉は割れた茶碗の入った箱と、小判で重い信玄袋を手にしたまま、

「なんや……不思議な女やなあ……」

と辺りを見回していたが、ふと不安な気持ちが湧《わ》き起こってきた。疑り深い峰吉は、小判が偽物ではないかと思ったのだ。

すぐさま近くの茶店に入って、奥の小上がりに踏み込むと、団子と茶を頼んで、切餅をひとつ取り出した。一枚抜いて持ってみると、偽物には見えない。じっくり〝鑑定〟してみても、たしかに本物だ。

「これはこれは……さっきの女は観音様かもしれへんな。苦節三十余年、『咲花堂』に忠節を尽くして勤めてきたことへの褒美《ほうび》に違いないわい。はは、わてにも運が向いてきたちゅうことかいなあ」

と一人、むひむひ笑っていたので、茶を運んで来た娘が、気味悪そうにじっと立ちつく

していた。

二

茶で喉を潤《うるお》した峰吉は、意気揚々と粉々になった瀬戸黒の桐箱を抱えて、『出羽屋』へ急いだ。今戸橋まで目と鼻の先の所まで来たとき、

「う～ん、う～ん」

と奇妙な声が路地から洩《も》れ聞こえた。

覗《のぞ》き込んだ峰吉の目には何も見えない。首を傾《かし》げて先へ進もうとすると、また同じような声が聞こえる。しかも尋常な声ではない。喘《あえ》ぎ声というよりは、喉を締めつけられて、まさに殺されそうな声なのだ。

尻込みした峰吉だが、そっと路地に入ると、そこには小さな御堂があって、地蔵が数体並んでいた。声はその御堂の奥から聞こえてくる。

まだ昼間だというのに、背筋が凍《こお》るような声だった。経文が書かれた幟《のぼり》が風もないのに揺れている。お化けの類《たぐい》は大嫌いな峰吉であるが、あまりにも異様な声にそっと近づいてみた。

すると、格子戸の奥に首を吊《つ》っている子供の姿がちらりと見えた。

「あっ……」

峰吉は飛び込むかどうか迷ったが、

「こら！　何をしてるのじゃ！」

と思わず声を発してしまった。途端、御堂の中から、悲鳴が聞こえて、同時、わああと女が泣き崩れる声がした。

峰吉が恐る恐る格子戸を開けると、御堂の中には、薄汚れた着物の中年女とやはり泥だらけ鼻水だらけの子供が四人、へたり込むように座っていた。子供は、九歳くらいの男の子を頭《かしら》に、後は女の子ばかり三人が、えんどう豆のように連なっていた。

「な……何をしてますのや」

峰吉が勇気を振り絞って声をかけると、まるで鬼の形相《ぎょうそう》の女が顔を上げた。

『子孫繁昌手引草』に〝子返しの絵図〟というのがあって、〝この女、顔はやさしげなれど、我が子をさえ殺すからには、まして他人の子を殺すことは何とも思うまい。さすれば鬼のような心にて、顔つきに似合わぬ胴欲な女なり〟と記されているが、まさにそのような女だった。

「ちょいと、ちょいと。何があったか知らへんが、死ぬんやったら、我一人で死ねばええ話や。子供まで道連れにすることはありまへんやろ」

首に縄をかけられていた男の子は、縄を取り外してやると、ゲエゲエと吐瀉物《としゃぶつ》で床を汚した。普段なら、このような親子がいても見過ごす峰吉だが、先程、百五十両もの大金を手にしただけに心に余裕が生まれたのか、鷹揚《おうよう》な態度で、

「訳があったら言うてみ。ああ、私は神楽坂『咲花堂』という刀剣目利きの骨董店の番頭で峰吉という者や。私はともかく、若旦那の上条綸太郎は、困った人を見たら助けずにはおれぬ奇特な……いや高徳なお人や。どうや、困ってることがあるならお互い様。できることならしてやるよって、話してみい」

女は疑り深い目で見つめていたが、峰吉のひょっとこのような顔を見て、思わずぷっと吹き出した。

「済みません。つい……」

「人の顔を見て笑う奴がおるか」

「申し訳ありません。私たち親子を追って来ている人かと思いまして」

「追って来ている？　誰かに命でも狙われておるのか」

こくりと頷《うなず》いた女は、浅草橋《あさくさばし》の裏店《うらだな》に住んでいるおすみと名乗ってから、峰吉に訥々《とつとつ》と話した。

「亭主は、ちょっとした材木問屋を深川《ふかがわ》でやっておりましたが、博打《ばくち》と女にはまってしまって、借金まみれになったんです」

「ようある話やな」

「どこぞの女と駆け落ちして、残ったのは借金だけ。毎日毎日、取り立てに来られて店を手放したのですが、それでもまだ借りた金が残っていて……」

「しつこく取りに来るのか」

「はい……」

「それはどこの金貸しや」

「日本橋の『泉州屋《せんしゆうや》』という……」

「ああ。それなら立派な店やないか。訳の分からん、ならず者がやってるのとは違うて、まっとうな金貸しと違うか？」

「ですが、そこが下請けというか、借金取りを雇《やと》って、しつこく追って来るんです」

「なるほどな。近頃、ようあると聞いたことがある。立派な両替商が、町場の小さな金貸に立て替えさせるのやろ、借り主の分を。その上で、あんたらみたいな者に執拗《しつよう》に取り立てする。乱暴なやり口は、両替商も承知の助や。汚いことしよる」

峰吉は『咲花堂』を神楽坂に出した当初は、色々と借財をして、その返済に大わらわだったので、取り立てに追われる者の気持ちは分かっているつもりだ。

「かというて、親子心中はないやろ」

「というか……この子たちは、みな兄弟ではないんです、本当は」

「え？　なんや訳ありか」

おすみは小さく顎《あご》を引いて頷き、幼い子供たちの顔を一人一人見つめながら、

「一番上の子は、私の子ですが……後の子は、親に捨てられた子たちなんです。うちと同じように借金に苦しんだ挙《あ》げ句《く》にね」

「そうやったのか……」

「そりゃ、私の亭主の店も大変だったけれど、この子たちの親御さんよりは幾らかマシでした。だから、自分たちの出来る範囲で面倒を見ていたのですが……何をトチ狂ったか、博打に女……私は旅籠で働いていたのですが、もう堪えられなくて……」

「気持ちは分からんでもあらへんが、子供を道連れにしてはあかん。それこそ、他にも育ててくれる人がおるやもしれへんやないか」

「でも……」

「でももへチマもあらへん」

峰吉はきちんとおすみを子供たちの前に座らせて、

「まずは、この子たちに謝らんか。仮にも手を掛けようとしたのや」

「…………」

「謝らんかい！」

と峰吉が珍しく強い声でおすみを責めると、意外にも子供たちがパッと一斉に立ち上がって、側にあった棒きれや燭台《しょくだい》を摑《つか》んだ。そして、歯を食いしばって峰吉を睨《にら》みつけ、「おっかさんをいじめるな！」「この、くそ爺《じじ》イ！」「出て行け、バカ！」などと思い思いの言葉を発して責め立てた。

面喰らった峰吉だが、子供たちの必死な眼差しを見て、なんだか胸の中に熱いものが広がった。

「ほれ見てみい……道連れにしようとしたあんたを、こうして健気に庇《かば》うとるやないか。偉い子たちやないか」

峰吉が感心しても、まだ突っかかってきそうになる子供たちを、おすみはしっかりとたしなめてから、

「このおじさんは親切な人だ。だから、もうおよし。間違ってたのは母ちゃんの方だ。ごめんな、みんな……」

と目を潤ませた。随分と年増に見えていたが、まだそんなに老けていないのかもしれな

いと峰吉は思った。おすみが気丈に頑張ろうという態度を見せるのへ、峰吉は情けをかけた。

「そうは言うても、返すあてはあるのンか？　またぞろ、厳しく追われて同じ目に遭《あ》うのなら、埒《らち》があかんぞ」

「はい……」

「幾らなんや、返す金は」

「――五十両です」

「ごッ……そりゃまた大金やな」

「元々借りたお金は二十両くらいだったと思います。それが雪だるまみたいに……」

峰吉はなんとかしてやりたいと思ったが、五十両は余りにも大金過ぎる。自分でどうにかできる金ではなかった。しかし、先程、おみなという女から貰った百五十両がある。もし五十両を与えたとしても、百両は残る。

だが、いくら境遇に同情したとはいえ、見ず知らずの者に五十両をくれてやる道理はない。下手に情けをかければ仇《あだ》となることもある。その金がまた別の災いを作ることだってあるからだ。

しかし、峰吉自身、遠い昔、妹が同じような目に遭って、子供を失ったという悲しいことがあった。心中したり餓死したわけではないが、金に苦労をした末に病で死なせてしまった。その頃は峰吉も修行の身だったから、たった一人の妹なのに何も助けてやれなかった。

——こら、峰吉。男やないか。

何処かから、綸太郎の声が聞こえた気がした。

「もし若旦那なら、こんな人を見て放っておくことはせんやろな」

と呟いてから、おすみの前にしゃがんだ峰吉は、信玄袋から切餅をふたつ取り出した。

「これで死なずに済むやろ」

「……え？」

喜びと戸惑いが入り混じった顔で、峰吉を見つめた。

「なに、気にすることはない。この金は濡《ぬ》れ手で粟《あわ》とは言わへんが、ある人の親切で貰うた金や。これで、あんたらの命が助かるのなら、めちゃくちゃ安いものや。その代わり、二度とアホな真似《まね》をしたらあかんで」

「こんな畏《おそ》れ多い……」

「かまへん、かまへん。さあ遠慮しいな」

と峰吉は、おすみの手にしっかりと握らせて微笑みかけた。子供たちも峰吉の親切心が分かったのであろう。羨望《せんぼう》に似た眼差しをきらきらと輝かせていた。

「ええな。しっかり、きばって生きていくのやで。ほな元気でな」

「ありがとうございます。ありがとうございます」

おすみが何度もひれ伏して頭を下げるのへ、峰吉は小さく頷いてから、

「ほなら、行くで。気が変わらんうちにな」

と御堂から外へ出た。

さっきまでの蒸し暑さが何処かへ消えていた。風が吹き始めたせいかもしれない。

「五十両、ぱあでんがな……ま、百両残ったのや。これでええことにせんとな。損をしたわけやないし。ま、ええか」

峰吉は爽《さわ》やかな風を受けながら表通りに向かって歩き出した。

三

神楽坂『咲花堂』の玄関先に錦小路綾麿が立ったのは、丁度、峰吉が小さな親切……いや、大きな親切をした頃だった。

白木の格子戸を開けて、内玄関の山吹色の暖簾《のれん》を分けると、

「ごめん」

と喉の奥から、しっかりとした声を店内にかけたが、返事がない。

「……留守か。不用心だな」

綾磨は整然とした店内を見回して、感心して溜め息をついた。自分は刀剣目利きとして、いわば出張をして鑑定をしているが、綸太郎や日本橋『利休庵』のように骨董の方はあまりやらないから、店舗は構えていない。その分、あちこち自由に歩き回るので、世間というものを沢山見られるような気がしていた。

端然と並んでいる茶器や掛け軸、壺や細工物などを眺めていると、二階から降りてくる足音がして、現れたのは桃路だった。もちろん、化粧のケの字もなく、髪も湯屋から帰って来たばかりで湿っており、櫛《くし》で束ねただけだから、綾磨には芸者とは分からない。

「これは、まずいところに来てしまったかな？　綸太郎さんはおられないのか」

と少しからかうような口調で言った。

「若旦那なら、ちょっと用事があるからと言って、すぐそこの小間物屋に出かけてます。私は留守番」

「留守番……てっきり奥方かと思った」

「だといいんですけどね。で、あなたはどなたですか？」

「同業の錦小路綾麿という者だが、聞いてないかな」

「ご免なさいね」

知らないと桃路は首を振って、「こんな格好で済みません。すぐにお茶を」

「お気遣いなく」

と言った綾麿に、桃路が腰を屈《かが》めて、裏庭の竹樋《たけひ》に流れる水で冷やしている茶を、江戸切り子に注いで差し出した。

「なんとも上品な色合いの赤だ。これも綸太郎さんの趣向なのかな？」

「私が差し上げたんです、お客さんに貰ったものを」

「お客さん？」

「ええ。私、書画骨董は好きですけれど、何がいいか悪いかはよく分かりませんから、思いつきで何でも持って来ては、よく若旦那に叱られます」

「ほう……」

切り子を眺めてから、冷えた茶を飲んで喉を潤すと、綾麿は深い溜め息をついた。

「なるほどね。これはちょっとした客のもてなしだ。この茶を飲んだだけで、訪ねて来た人の心を摑むというものだ。綸太郎さんというお方は、さぞや人を惹《ひ》きつける術《すべ》を知っているとみえる」

「計算ずくではありません。人柄です」

「人柄、ね。俺はそのような作り物っぽくて、嘘臭いものが一番嫌いでね」

「あら、随分と歪《ゆが》んでらっしゃるのねえ」

「……ところで、先程、お客に貰ったと言ったが、あんたは何をしてるんだい」

「私？」

「ああ。『咲花堂』の嫁ではないんだろ？」

「神楽坂芸者です。桃路といいます。お見知りおきのほどを」

と桃路は満面の笑顔で答えた。あまりにもあっけらかんとした女なので、綾磨は少々、呆気《あっけ》にとられていたが、取るに足らぬ女だと思ったのであろう。小馬鹿にしたように口を歪めると安物の置物でも見るように、流し目で、

「芸者遊びなんぞする奴の気が知れない。『咲花堂』の若旦那も、ただの俗物だったか」

「ちょいと……」

桃路はあぐらをくむように座り直した。着物の裾から、まっしろな太股《ふともも》がちらりと見えた。綾磨がその白さに吸い寄せられるように視線を送ったので、

「ほら。あんただって、そうやって見たじゃないか。聖人君子面するんじゃないよ」

「！……」

「私のことはともかく、若旦那の悪口を言うのはどうにも許せない。恐らく若旦那も、あんたみたいな人間が一番嫌いだよ。さ、帰って下さいな」

「いいのかね。そんなことを言って。俺は若旦那にいい話を持ってきたんだがな」

「帰って下さい」

腹立たしげに言い捨てたとき、綸太郎が帰って来た。少し驚いたような顔になって、一瞬にして妙な雰囲気を察した。

「これは珍客どすな」

「あの一件、以来ですな、綸太郎さん」

「色々と世話になった。あんたのお陰で、この桃路も帰って来られたようなものや」

お互い深くは話さないが、何もかもを了承したように見つめ合った。桃路はすぐさま綸太郎に冷えた茶を差し出して、

「若旦那。私、この人、嫌いです。同業と言ってましたが、どういう人です？」

「ま、そう言うな桃路。刀剣目利きは、刀だけを見つめ、己《おのれ》の心の奥を見つめるところから始めなければならんから、ついつい人との間合いを忘れてしまうのや」

「そんなものですか」

「ああ。それに、綾麿さんはまだまだ若い。そう目くじらを立てるな」

「若いっていっても私と同じくらいじゃないの？　ええ歳して、ガキみたいな目つきで、こんなのに鑑定される刀も可哀想だわねえ」

「ふむ。嚙《か》みつくとこは、おまえも同じやないか。若い若い」

ぷんと頰《ほお》を膨らませた桃路は、小憎らしそうに綸太郎の肘をつねって、

「じゃ、私はお座敷の用意があるから、これで失礼します」

と下駄を履くと、カラコロとわざとらしく音を立てながら、表の坂道に出て行った。石畳でつま先でも打ったのか、「痛いわねえ、このバカ」と悪態をつく桃路の声が響いてきた。

綸太郎が笑って座ると、綾麿はそっと横に座って、

「私が来たのは他でもありません。例の上条家に伝わっていた〝三種の神器〟……刀剣、茶器、掛け軸……そのうちの、茶器の在処《ありか》について、耳寄りな話を持ってきました」

「さよか」

と綸太郎はあまり関心もなさそうに冷やし茶を啜《すす》った。

「おや？　もう見つけたのですか」

「いや。どこにも」

「だったら、喉から手が出るくらい欲しいのではありませんか？」

「あんたには関わりおへん」

「そう強がりを言うもんじゃありませんよ」

意味ありげな薄笑いを浮かべて、綾麿は懐から一枚の文を取り出した。

「油滴天目茶碗。ええ、あなたが探しているものが、江戸城中に秘蔵されているのです。私もこの目で見た」

油滴天目茶碗とは、耀変《ようへん》天目と匹敵するほどの珍しい逸品である。

天目の名は、中国浙江《せっこう》省の東天目と西天目という山に由来する。梁《りょう》の武帝《ぶてい》の子息が、その両山で書物を読んだり、参禅したという伝説もあり、それから禅と茶の湯の関わりが深まった。禅寺では、天目台に載せる茶碗のことを天目と称する。高台が小さく、腰がすぼんでいる形状だ。

金、銀、褐色の斑点《はんてん》がぎっしりと並ぶ油滴天目は、他の天目にはない気品があり、茶の道具というよりも、眺めているだけで実に心が安らぐと多くの人々に愛されてきた。

油滴と呼ばれるのは、釉薬を塗った面に散らばる斑紋が、青い水に油が浮いているように見えるからである。その色が金色《こんじき》だったり、銀色だったり、褐色だったりするのだが、いずれも釉薬と火を出す薪《まき》の材料によって微妙に変わる。その正確な製法は誰も知らないから、真似て作ることは難しい。

綸太郎は俄《にわか》には信じられない目で、綾麿を見据えていた。

「お疑いのようですな」

「そりゃそうや。江戸城中の何処にあるのか知りまへんが、あんたが城中に入って見たとは到底、思えまへん」

「それが見たんですな。幕府目利き所の本阿弥本家の人たちと同行して、拝見したんですよ。この目でね」

「それはおかしな話や。油滴天目と称される茶碗はそれこそ幾らでもある。我が上条家が受け継いできたその茶碗は宋代のもので、徳川家康が天下を取った後に、ある事件によって密かに奪われたもの。その折に、茶壺や茶筅《ちゃせん》、茶釜なども一緒に奪われてるのや。茶碗だけを人に見せるわけがあらへん。幾ら、相手が本阿弥家でもな……いや、本阿弥家ならばこそかえって、将軍家が見せるわけがない」

「どうしてです」

「それが、そのまま本阿弥家の秘密を暴かれることに繋がるからだ」

「本阿弥家の秘密……これはまた大きく出ましたな」

「別にあんたに自慢したいわけやない。目利きとしての私が、上条家と本阿弥家……二家にまつわるある事を調べるために探しているだけのこと。他家のあんさんには、関わりないことや」

「それでも、もし私が手に入れることが出来るとしたら、どうします？」

「信じられへん」

「――そうですか。ならば、こっちも無理にとは言いません。でも、その本阿弥家の秘密とやらは、その家の者でなくとも興味あることですからね、私は私の目で確かめます」

綾麿にどのような欲望があるのか、綸太郎には推《お》し量ることはできなかったが、万が一、その器が人手に渡ることがあれば、どのような災いが及ぶか知れたものではない。綸太郎はその恐ろしさを重々知っていた。

「面白おかしく探すのは結構ですがな、綾麿さん……気をつけてないと、その身も危うくなるやもしれまへん。篤《とく》と気イつけて下されや」

「脅しですか？」

負けじとばかりに鋭い眼光で見やる綾麿を、綸太郎は冷静に睨み返していた。それほどに〝三種の神器〟には、人智の及ばぬ妖《あや》しい霊力が隠れているのである。

四

とうに今戸橋の『出羽屋』に辿《たど》り着いてもよいはずの峰吉だが、すぐ近くまで来ながら、甘酒屋に立ち寄っていた。割ってしまったと正直に言えば、綸太郎から咎《とが》められるであろうし、何より『出羽屋』の主人がガッカリするだろうからだ。

「この百両のうち五十両をお詫《わ》びにして、残り五十両を店に入れる。これで痛み分けということにならんかな」

などと頭の中で計算をしていたが、どうにも決断ができなかった。『出羽屋』の主人は骨董に関しては頑固者である。貴重な茶碗を粉々にしたというだけで乱心したように殴りかかってくるかもしれないし、何より『咲花堂』の信頼が失墜してしまう。それだけは何としても避けたかった。

「このクソ暑いのに甘酒はないだろう……」

と思いながらも、峰吉はずずっと啜《すす》った。これが意外と旨《うま》い。酒粕《さけかす》ではなく、米からそのまま作ったというから、甘過ぎず口あたりも爽《さわ》やかなので、溜まっていた疲れが取れるようだ。

「はあ。旨い……ずず……甘い」

溜め息をついて目を細めたとき、店の片隅の床の間に飾られてある黒い茶碗に、峰吉は気づいた。その様は凛《りん》としていて、まるで天目茶碗のような品性がある。傍らには鉄瓶や茶釜も置かれているので、まるで名器のような風格も感じられた。

峰吉は茶碗の前に座って、しばらく凝視していたが、その色合いといい油滴紋様といい、まさに瀬戸黒ではないか。

「ああ……いい形をしている……だが、これは油滴天目とは違う……ほんまものは、もっと限りなく黒に近い青、群青のような色だし、金の紋様も着色ではないが、窯で変化したものではない……うまく染め焼きしたものかもしれんな」

と峰吉は茶碗を手にして、じっくりと見ていた。

すると、店の主人が訝《いぶか》しげな顔で近づいて来て、ゴホンとわざとらしい咳《せき》をして睨みつけてから、

「その茶碗には触らないで下さい」

とはっきりと言った。

「これは申し訳ありません。あまりにもいい茶碗なのでな、つい見とれてしまった」

「少々、茶の湯を嗜《たしな》んでましてな。見せびらかすわけじゃありませんが、店に置いてるも

のを勝手に……」

峰吉はもう一度、済まぬと謝ってから、自分は神楽坂『咲花堂』の番頭だと名乗った。

途端に、主人は相好を崩して、

「ああ、そうでしたか……いや、てっきり……」

と言いかけて口をつぐんだ。

「てっきり、何どす」

「あ、いえ。てっきり、そういう御仁だと思っていたところです」

「御仁は大仰な。どうせ、私が盗むとでも思うたんと違いますか？」

「とんでもありません」

「まあええです」

と峰吉は『咲花堂』が知られていることを喜びながら、「ついては、御主人。この茶碗を譲っては貰えまいか」

「そんなものを、ですか？」

「あかんか」

「天下の『咲花堂』さんにお譲りするほどのものではありません」

「そう言うな。五十両でどうや」

「ご、五十両⁉」

主人は素《す》っ頓狂《とんきょう》な声を上げて腰を引くと、「からかわないで下さい。そんな大層なものではありません。罰が当たります」

「ほなら、幾らだったら譲ってくれはりますか。いや、自分の気に入っている茶碗を人に渡しとうない気持ちはよく分かります。そやけど、私も気に入ったのや。一目惚れしたのや」

峰吉はすがるように迫った。主人は五十両という言葉を引きずっていたのか、少しばかり欲どしい顔になって、

「な、ならば……十両でどうでしょうか」

「十両……」

「はい。私も奮発して買ったものですし、放しがたいものですし」

「ええでしょう。これで決まりでっせ」

峰吉はその場で十両を払って茶碗を受け取ると、割れた瀬戸黒と入れ替えて、そそくさと店を立ち去った。店の主人は嬉しそうに深々と頭を下げて見送っていたが、峰吉の目にはもう入っていなかった。

そのまま、今戸橋の『出羽屋』まで急いだ。

店の中では、首を長くして待っていた主人の丹右衛門《たんえもん》が、すぐさま奥座敷に通した。

「番頭さん。早く見せて下さいまし」

「へえ……」

「私が瀬戸黒を『咲花堂』さんで見かけたのは、わずか五日程前のこと。なのに一日千秋の思いで待っておりました」

「ですが、旦那、実は……」

峰吉が事情を話そうとすると、丹右衛門は自ら風呂敷をほどき、桐箱を開けるなり、嘆息を漏らして、

「ああ、これだ。これだ……ああ、会いたかった、会いたかった……ああ」

とまるで長年離れていた恋人と再会でもしたかのように愛おしげに抱き締めた。

「いや、御主人、それは……」

実は事情ができて、瀬戸黒は他の人に渡さなければならなくなった。だから、それに似た天目茶碗風のものを持参したので、金は要らないから収めて欲しい。そう峰吉は話そうとしたが、丹右衛門は目の前の茶碗に夢中で、耳も貸さない。

「御主人……」

「ああ。分かってます、分かってます。金なら用意してありますから。すぐに」

丹右衛門は茶碗を丁寧な手つきで桐箱に戻して、傍らの手文庫を引き寄せると、切餅を四つ取り出して、わざわざ三方に載せて差し出した。

「いえ、旦那、これは……」

「ダメですよ、番頭さん。私は百両と約束したんですからね。それ以上は払いません」

「そうではなくて……」

「いいえ。どんな事情があろうとも、他には譲れません。たとえ、値を吊り上げられても、私はこれを自分のものにしたいんだ。分かりましたねッ」

「…………」

「分かりましたねッ」

と念を押すように丹右衛門は言って、もう一度、茶碗を眺めながら、

「イザ渡すだになって、惜しくなる人はよくいるんです。もしくは、人の足下を見て値を吊り上げる輩《やから》とかね。でも、約束は約束。こっちも商売人ですからね、初めに決めた値で、すかっといきましょ」

「ほんまに、ええんどすか」

「ええ。この色、この艶、このずんぐりとした形……ああ、これぞ茶碗の鑑《かがみ》ですな」

それから丹右衛門が自分の茶碗に対する思いや、焼き物を鑑定するウンチクを色々と語

っていると半刻程があっという間に過ぎた。しかし、その間に、瀬戸黒ではないと疑うことはなかった。峰吉は少々、がっかりした。

──なんや、この人……ものの値打ちも分からンと、あれこれ言うとるやないか。こんな人に買われるくらいなら、あの瀬戸黒も割れた方が幸せだったかもしれへん。

などと勝手な屁理屈が、峰吉の頭の中に湧《わ》いてきた。

茶碗が好きだと言いながら、結局、茶の一杯も飲ませてくれず、峰吉は追い出されるように『出羽屋』を出た。

「なんや……肩透かしやな。でも、まあ、ええか。あの人は、あの茶碗の値打ちほどの人やということや。金さえ出せば、ええものが入ると思うてけつかる」

峰吉は本当のことを話さなかったことに忸怩《じくじ》たる思いはあったが、騙したわけではない。見抜けなかった己のせいもあろう。骨董を扱う者は決して人を騙してはならぬ。しかし、たとえ一両のものにでも、あえて百両を払うこともある。その逆もあろう。

その代わり、骨董商は名器だといって持ち込んで来る者に騙されることもある。しかし、それは己の眼力がなかったということで諦めるしかない。騙されたと公言すれば、

──見る目がなかった。

と他人様にバラすようなものだからである。綸太郎だって、本当の値打ちより高値で買

わされたことは何度かあるはずだ。

「やはり、人の心というものは信頼でけへん。物の方がどれだけ確かかということや。ま、『出羽屋』が気づけば、その時に話してやるとするわい」

峰吉は少しばかり意地悪な気持ちになって、十両が百両に化けたことを素直に喜んで、足取りも軽かった。

五

「ちょいと、番頭さん。峰吉さん」

ふいに背中から声をかけられたのは、湯島天神の境内《けいだい》を抜けて、神田佐久間河岸《さくまがし》の方へ向かったときだった。

峰吉が振り返ると、参拝客の間から、地味な鼠《ねずみ》色の羽織姿で小走りに来る『江戸屋《えどや》』の主人・鎌五郎《かまごろう》だった。同じ骨董屋仲間だが、神田明神下《みょうじんした》にある小さな店で、日本橋『利休庵』の下請けのような仕事をしていたので、峰吉はあまり好きではなかった。

「そんな横を向かなくたって、いいじゃないですか、峰吉さんたらっ」

ずんぐりした体だが軽々と駆け寄って来たので無下にもできず、峰吉は愛想笑いで、

「ああ、『江戸屋』の鎌五郎さんか」

「惚《とぼ》けちゃいけませんよ。分かってたくせに、このこのオ」

と背中を突っつく仕草をした鎌五郎は、誰にでも馴れ馴れしく振る舞うのが癖だった。

峰吉は先を急いでいると言ったが、耳寄りな話があると袖を摑んだ。あまりにも強引に引っ張るので、ビリッと袖の付け根が破れた音がした。思わず袖をめくってみると、目に分かる程ではないが、縫い糸が弛《ゆる》んでいる。

「おいおい……かなわんなあ……」

「剛気でンなあ。見てましたぜ、一両も天神様にお賽銭《さいせん》を投げ込むとは」

「……あれは、まあ厄《やく》よけみたいなもので」

「そうですか。ま、ちょっと、そこで一杯どうです」

「何をおっしゃいますやら。まだ陽が高いし、これから店に戻らねばなりまへん」

「そこをちょっと」

「いえ……」

「峰吉さんが前々から探していた〝李朝《りちょう》の壺〟が見つかったんです。はい、あの染付宝尽し文壺が」

「まさか……」

と鎌五郎はもう一度、手を握り締めてきて、「本当ですって。とりあえず、うちの店まで来てくれませんか？　悪いようにはしません」

半ば強引に腕を引いてくるので、峰吉は袖を破かれてはかなわんと大人しくついて行くことにした。もし、本当に探し求めていた、李朝の文壺ならば、一目だけでも拝みたいものだと思ったからだ。

神田明神下には、町人や下級武家が入り交じって暮らしている長屋がいくつもあって、路地のそこかしこに煮売り屋だの鋳掛《いか》け屋だのが出歩いていた。鎌五郎は酒のつまみにと、イカと芋の煮っ転がしと鯛の煮付けを買って、店の中へ峰吉を誘った。

骨董を並べている店内に、こんな匂い立つものを入れてどうするのやと峰吉は思ったが、そこが二流三流の骨董屋だと腹の中で笑いながら、奥の座敷に上がった。

主人といっても使っている者は、まだ十五、六歳の丁稚《でっち》が一人しかいない。卑屈そうな顔をしたその丁稚は、主人の顔を見て、店の隅っこの方へ行くと、塵《ちり》掃除などを始めた。

「まったく近頃のガキは、人が何かしろと言うまで動かないんだから困ったもんだ」

鎌五郎は威圧的な目を丁稚に投げかけてから、

「さ、奥へ上がって下さい」

と峰吉を誘った。奥といっても、『咲花堂』よりも狭くて、独り者が住む裏店くらいだった。箪笥《たんす》がひとつあるきりで燭台もない。夕餉《ゆうげ》はほとんど外で済ますというが、今日は峰吉に見せたい李朝の壺があるからと言って、埃《ほこり》っぽい座敷に食膳を出し、酒を冷やのまま湯飲みに注いだ。

峰吉が軽く一杯やっているうちに、鎌五郎はさらに奥にある蔵から、一尺四方の古い箱に入った壺を持って来た。保存の状態は決してよくなく、柴山冠山《しばやまかんざん》という聞いたことのない鑑定人の〝差し紙〟はあるものの、きちんとしたお墨付はなかった。

しかし、七寸程の高さの壺の口縁は広く、ふっくらとした胴回りに安定した高台部は、まさしく李朝の壺。白亜で清楚な色合いの中に李朝独特の素朴な藍色の紋様が、まるで一筆書きの筆致で流れている。

「たしかに……立派な壺ですな」

と峰吉がじっくりと抱えて見ていると、鎌五郎は実に嬉しそうな顔になって、

「でしょう。これは、まことに本物の中の本物。間違いありません」

「ほんま。吸い込まれてしまいそうや」

「これをお譲りしてもよろしいですよ。峰吉さんになら」

「私になら？　また、どうして」

「前々から欲しがっていたのを聞いていたからですよ。それに、この壺は持ち主を選ぶ」

茶器や骨董、もちろん刀剣などもそうだが、物が持ち主を選ぶということは、古来、言われていることだ。名刀、名器というものは放っておいても自ずと、持つべき人の所に渡るという。

だからこそ、もし名刀、名器に相応《ふさわ》しくない人の手の中に入ったときには、何か新たな不幸や、怪奇な現象が起こったりするのである。

綸太郎が気にしている〝三種の神器〟についても同じようなことが言える。本来、上条家にあるべきものが、徳川家によって奪われたのだから、何かと不都合が生じているのである。何かととは何か……峰吉が知る由《よし》はないが、〝元の鞘《さや》〟に収まることが天下万民にとってもよいと考えられる。

「この壺は、私が持つに相応しいと？」

「ええ。私も日本橋『利休庵』さんに鑑定して貰ったら、まさしく本物だそうです」

「だったら尚更、『利休庵』の主……あの清右衛門のことだ。金に糸目はつけずに、どうしても放したがらないだろうに」

「ですから、あのお方は、名器に相応しくありません」

と鎌五郎の目が鈍い光を放った。

「『利休庵』さんには世話になっているのに、こんなことを言っては申し訳ありませんが、あの人は商売のことしか頭にありませんからな。骨董はすべからく人の心を動かすものだということを知らなさ過ぎる」

「あんたも、やっとそう感じましたか」

「はい。『咲花堂』さんの若旦那や峰吉さんが言ってたこと、ようよう気がつきました。でも、清右衛門さんの鑑定眼は一流です。本阿弥家も認めているところです」

「そりゃ、そや」

「だからこそ、この壺が本物ということは間違いない。だからこそ峰吉さんに譲りたいんです」

「だったら、若旦那に見て貰うて……」

「それはダメですよ」

鎌五郎は遮《さえぎ》るように手を上げた。

「なぜです」

「考えてもみなさい。若旦那だって、本物だと見抜くでしょう。しかし、本来、あるべき箱書きがない。とすれば、『咲花堂』さんのお墨付がつくことになる」

刀剣に関してのことだが、お墨付を出せるのは幕府目利き所の本阿弥本家だけである。

それゆえ、本家に遠慮して、〝添え状〟という形で鑑定結果を記すことにしている上条家だが、茶器や書画骨董のことは勝手次第である。

「でも、そんなことになれば、私が『利休庵』さんを裏切って、『咲花堂』さんに売ったようになるやないですか。『咲花堂』さんは、それこそ清右衛門さんが出た老舗《しにせ》だからいいでしょうが、私みたいな小さな店は、『利休庵』さんに睨まれたら、江戸では商売がしにくくなります」

「そりゃそやな」

「それに、『咲花堂』さんのお墨付が出れば、おそらく千両は下らぬ凄《すご》い値がつくと思います。それを番頭の峰吉さんが持っているわけには参らんでしょう。きっと、あちこちから欲しがる大名や豪商が現れるに違いありません」

「それも一理あるな……」

「ですから、これは、峰吉さんの胸の中に秘めて持つということが一番のような気がするんですわ」

峰吉はずっしりと鳩尾《みぞおち》に落ちるような李朝の壺の感覚に、心までが奪われそうになっていた。しかし、このような名器を持つことの怖さも知っていた。つまり、自分には相応しくないという思いである。尻込みをしたわけではないが、本当に手にしてよいのかと思ったのは確かである。もっとも、これほどの物が只《ただ》というわけがなく、到底、峰吉には手が届くまい。

「い、幾らなら……譲ってくれる」

恐る恐る峰吉が訊《き》くと、鎌五郎は指を二本立てて、

「二百両でどうでしょう」

「に……二百両⁉」

千両はする名器ならば、めちゃくちゃ安い買い物である。だが、お墨付のないものをそんな値で買っていいものかどうか、峰吉は迷った。第一、そんな大金があるわけがないと首を振ったが、

――いや、待てよ。

と思い直した。信玄袋の中には、おみなと名乗った女から貰った百五十両、それから哀れな親子にくれてやった五十両、さらに甘酒屋で買った茶碗代十両を引く。それから、『出羽屋』から受け取った百両を加えると、

「おおッ。百九十両もあるやないか。いや、一両、お布施したから、百八十九両や！」

峰吉は思わず声を上げた。それを聞くなり、鎌五郎は手を打って、

「いいでしょう。百八十九両とは妙に中途半端だが、それが気に入った。その値で、お譲

りしましょう」

「え？　私はまだ買うとは……」

「何も遠慮することはありません。あなただからこそ、その値で譲るのです」

「いや、しかし……」

「峰吉さん。長年、『咲花堂』さんに奉公して、苦労してきたんじゃないですか。これくらいの褒美はあってもよいと思いますよ。それに、もし売る気になれば、千両」

「そやけど……」

「いざとなったら、若旦那にちょちょいと鑑定して貰って、売ればいいんだし」

先程、鎌五郎が言っていたことと矛盾するようだが、峰吉はすっかり李朝の壺の虜《とりこ》になっており、首を縦に振ってしまった。そのひたむきな瞳には微塵の迷いもなかった。

「今日はついとる。めちゃくちゃ、ついとる。人生にはこういう日もあるのやな。当たりがええちゅうか。はは、こうなったら、帰りは人にぶち当たらんように帰らんとな」

と峰吉はもぞもぞと呟いていた。

六

峰吉は意気揚々と風呂敷に包んだ壺を抱えて、神楽坂に急いでいた。

往来から飛び出して来る商人や通りを傍若無人《ぼうじゃくぶじん》に走る駕籠《かご》舁きなどに気をつけて避けながら、赤子を抱くような姿は、誰が見ても滑稽《こっけい》だった。

『江戸屋』を出た頃から小雨が降っているので、路面は滑りやすくなっている。ぼちぼち開き始めた傘の花を眺めもせず、峰吉はまっすぐ前を向いて歩いた。

「瀬戸黒が割れたようなことじゃ済まへんからな。これは何がなんでも守ってみせる」

と目をカッと見開いて、少しでも自分に向かって来そうな大八車などがあると、道の端に避けて通り過ぎるのを待った。まだ日暮れ前とはいえ、この雨だ、大工たちのなかにはもう仕事を切りあげて酒をあおっている者もいる。峰吉自身、鎌五郎から安酒を飲まされて、少し足下がおぼつかない。

――誰も来るなよ、近づいて来るなよ。

そう思っているときほど、体が硬くなって動きがおかしくなるものである。右足を出して左足を出すということすら、他人に動かされているような錯覚に陥《おちい》る。

しかも、千両もの値打ちの壺を抱えているのだから、人の目が気になって仕方がない。誰かが奪いに来るのではないか、背中から斬られるのではないかという妄想すらして、ぶるっと震える始末だ。

路地という路地の前に止まっては、左右を見たり、後ろを振り返って〃安全〃を確認して、濡れそぼちながら家路を急いだ。

神楽坂下の自身番の前を通り過ぎようとしたときである。

「なんだ、このやろう！」

と怒声がするやいなや、突然、自身番の扉が開いて、一人の体格のよい若い男が飛び出して来た。柿色の印半纏《ばんてん》に〃丸大〃と白抜きがされている。神楽坂界隈《かいわい》を地回りとしている丸山一家の若い衆のようだ。

咄嗟に飛び退《の》こうとした峰吉は、危うく壺を落とすところであった。

「気をつけて下さいましな。何処を見てはるんどすッ」

峰吉が思わず怒鳴《どな》った次の瞬間、若い衆は半纏を跳ね上げると同時、背中に隠し持っていた匕首《あいくち》を抜き払った。

「うるさい、爺イ！」

と若い衆は峰吉を後ろから羽交い締めするようにして喉元に刃をあてがった。

「な、なッ……」

悲鳴を上げようにも恐ろしくて声が出ない。代わりに、突然の緊張のためか、ぷっと屁《へ》が洩れた。

「て、てめえッ!」

若い衆が、ふざけるなと怒鳴って揺すったが、峰吉は壺を落としてなるものかと必死に抱きかかえていた。

自身番から番人二人と岡っ引の半次《はんじ》らが飛び出して来て、若い衆を取り押さえようとしたが、峰吉が図らずも人質となってしまったがために、手を出せなかった。その後ろから、のっそりと内海弦三郎が出て来た。北町奉行所定町廻りの同心である。

「なんだ、『咲花堂』の番頭か」

「旦那……なんだはないでしょうに。ど、どうして、私がこんな目に」

「そうだな。今日は当たりが悪い日じゃねえのか」

「暢気《のんき》なことを言わんと……」

ヒタヒタと喉元に触れる匕首の冷たさに、峰吉は今にも壺を落としてしまいそうだった。折角、誰にもぶつからずに石橋を叩いて渡るように帰って来て、『咲花堂』はもう目の前なのに、

――選《よ》りに選ってどうして自分がこんな目に遭わなければ……。

と思うと情けなかった。情けなくて涙が溢《あふ》れてきた。極楽から地獄に突き落とされたような気分の峰吉は、それでも必死に踏ん張っていた。

峰吉の涙を見た内海は微《かす》かに笑みを浮かべて、

「鬼の目にも涙か。番頭、おまえは俺に会うたびに皮肉ばかり言っておるから、もっと肝の据わった奴かと思ってたがな」

「いいから、どうにか……」

してくれと叫びそうになったが、峰吉の喉元がさらに圧迫されて、声が出なかった。代わりに、印半纏の若い衆が怒鳴った。

「いいから、女を連れて来い！　話はそれからだ！」

どうやら若い衆は、自分を裏切った内縁の女を呼べと、近くの料理屋に籠《こ》もっていたらしい。そのときに、番頭と仲居に怪我《けが》をさせた。

若い衆は丸山一家の栄二《えいじ》という者で、兄貴分にたしなめられ、料理屋から引きずり出されたにも拘《かか》わらず、自身番で取り調べていた内海に逆上したのだった。

「おいおい。そんな真似をしても、内縁の女房とやらは戻って来ぬぞ」

と内海は呆れ果てた口調で、「それどころか、おまえの知らぬ遠い所に、本当に惚れ合った男と逃げたのだ。もう諦めろ」

「うるせえ。つべこべ言わずに連れて来やがれ。でねえと、この爺イを！」

「どうせ、そいつは老い先短い。好きにするがいいぜ。だが、そのまま、おまえは俺の刀の錆《さび》になるか、獄門台行きだ」

「………」

「丸山一家の親分も、おまえは破門だと言うておるぞ。仕方あるめえ、任侠《にんきよう》道を踏み外すことをやらかしてんだからな。あ、そうか。獄門送りにせずとも、兄貴分たちが始末するかもしれねえな」

「じょ、冗談言うねえ」

「だったら、そんな危なっかしいものは捨てて、もう一度、自身番に戻れ。話はそれからだ。もっとも、女は帰って来ねえだろうがな」

内海は決して栄二を宥《なだ》めようとはしていない。むしろ、挑発するような態度である。

──もし、女房に会えないなら死ぬ。

そういう思いで栄二は自棄《やけ》を起こしているようだ。峰吉からすれば、まったくのとばっちりである。

とばっちりと言えば、今日、おみなという女にぶつかられてから、妙な事が続いているような気がしないでもない。千両の壺に目が眩《くら》んだから、命が危ういことになったのではないかと、峰吉はここで初めて後悔した。

「……は、放しておくれやす」

消え入るような声で峰吉は言ったが、うるさいと栄二は怒鳴っただけだった。煙草《たばこ》臭い息が吹きかかるたびに、逃れる術から遠ざかる気がしてならなかった。

内海は少しずつ間合いを縮めながら、栄二に声をかけ続けていた。

「てめえは親分に隠れて、日本橋の両替商『泉州屋』から請け負って、取り立てに勤《いそ》しんでたそうじゃねえか」

「関わりねえ話だ」

「それがあるんだな。おまえが追いつめたせいで、死んだ者も何人かいる。やり口が汚ねえと、もっぱらの噂だ」

「返せない方が悪いンじゃねえか」

「そうじゃねえ。近頃は〝命講〟といって、死ねば銭が幾ばくか入る仕組みがあるようだが、おまえはそれを巧《たく》みに使ってる節がある。だから、追いつめて殺してンだ。違うか」

そう内海に強い語気で迫られて、栄二は一瞬、言葉を失った。

――待てよ。

と峰吉は思った。『泉州屋』の話は、親子心中をしようとした、おすみという女から聞いたばかりである。もしかしたら、あの親子を死ぬ思いまでさせたのが、自分に刃を向けている栄二かと思ったら、無性に腹が立ってきた。

「栄二とやら……ど、どういう了見や……」

「黙ってろ。死にてえのか」

また匕首の刃をあてがって、栄二は怒声を上げたが、峰吉はしっかり風呂敷に包んだ壺を抱えたままだった。だが、緊張の上に、重い壺をいつまでもじっと持っていることに疲れを感じてきた。栄二はその様子を滑稽に思ってか、

「後生大事に、そんなに大事なものか」

「これは千両もする壺や。落とすわけにはいかんのや」

「命よりも大切なのか」

「たかが焼き物、されど焼き物や。おまえらには値打ちが分からんやろうがな」

「……本当に千両の値打ちがあるのか」

「ああ」

「それで抱えてるのか……バカな爺イだな。けど、それなら余計、てめえを人質にする値打ちがあるってもんだ」

栄二は俄《にわか》に欲が出た顔になって、内海を怒鳴りつけた。

「近づくな、三ピン！　俺はこの爺イを連れて、とんずらする。おまえらなんぞに捕まってたまるかいッ」

「早まるな」

「うるせえ、三ピンはすっこんでろ！」

と栄二はぐいと峰吉を引きずるようにして、神田川沿いの河岸まで連れて行った。大切な李朝の壺を抱えたまま、峰吉は大人しく従った。

内海たちは隙あらば飛びかかる構えで、じわじわと近づいていく。岡っ引と番人たちも遠巻きに縄や梯子《はしご》を抱えて、少しずつ追い込むような陣形を作っていた。

「近づくな！」

栄二がもう一度、叫んだとき、

「やめてッ。お願いだから、もう、そんなことはよして」

という女の悲痛な声が聞こえた。

峰吉は顎を突き上げるようにして、回らぬ首のまま、正面に立つ女を見てアッと喉仏が震えた。栄二の腕の力瘤に力が入るのを感じて、峰吉はさらに緊張した。

目の前で、栄二に必死に語りかけているのは、あの瀬戸黒を割った弁償にと百五十両をくれた女ではないか。

「お、おみな！　やっと来てくれたか」

栄二は僅《わず》かばかり頬の肉を垂らして、眩《まぶ》しそうに女を眺めた。

「あんたは……」

峰吉も凝然と見続けた。すべては、たまさかのことである。だが、峰吉は今日一日の己の行いが導いた一筋の糸のような気がしてならなかった。

七

おみなは哀《あわ》れむような目で栄二を見つめながら、半歩、一歩と近づいて来た。峰吉も切なげに歪《ゆが》むおみなの顔を凝視していたが、昼間、百五十両もの大金を惜しげもなく差し出した様子とはまったく違っていた。

「あ……危ないから……近づいたら、あかんで……」

峰吉はからからになった喉の奥から、絞り出すような声を洩らしたが、おみなは構わず、栄二を睨んで近寄って来た。

「あんた。その人は関わりありません。放してあげなさい」

「だったら、俺と縒《よ》りを戻すか」

「もう、こんな真似はやめて下さい」

「おまえさえ、俺の所に戻ってくれれば、何もしやしねえよ。なあ、おみな……分かってくれよ。俺はおまえがいなきゃダメなんだ。今度のことで親分にも破門された。どうすりゃいいんだよ」

「早く放しなさい……私が代わって人質になります」

「だったら、もっと側に寄れ」

と栄二は手にしている匕首を乱暴に振り上げた。おみなは覚悟を決めて、すうっと近づくと、途端、栄二は峰吉を突き飛ばして、おみなを抱き締めた。

峰吉は弾みで石につまずいて転がりそうになったが、懸命に踏みとどまって、抱えていた壺もしっかりと守り通した。

「さあ、来い」

と栄二が、すぐ近くの船着き場に、おみなを引きずり下ろそうとしたとき、思わず峰吉が叫んだ。

「やめろ！」

栄二が構わず、おみなの腕を掴んで引きずるように連れて行こうとするのへ、峰吉はやはり壺を抱えたまま怒鳴った。

「これは千両の壺や。おまえにやる。何処ででも金に換えるがええ。いや、何なら、うちで引き取ってもかまへん。そやから、その手を放せッ」

「なんだと、このクソ爺イ」

「この壺は、元はと言えば、その娘さんみたいなものや」

「はあ？」

「だから、これをやる。一生楽して生きていける値の李朝の壺や。その娘さんを連れて逃げたところで先は知れてるやないか。その娘さんはまた姿を隠すかもしれへんし、いずれ、お上に捕まってオジャンや」

「…………」

「この壺なら、絶対に裏切らん。ああ、決して、おまえを裏切らん」

「黙れ、爺イ」

「この壺はやる。だったら、この内海さんが追うこともないやろ。好きな所へ行って、面白おかしく暮らせばええやないか」

栄二は構わず、おみなを船着き場から、小舟に乗り移らせて、

「いいことを言うな、爺イ。その壺、この舟に載せろ」

「え……」

「早くしろ！　おまえの言うとおり、それも戴いて、この世を花と暮らす。ほら！　早くしねえと、おみなを殺すぞ！」

やけっぱちになっているから、何をしでかすか分からない。峰吉はどうして、おみなを庇うようなことをしたのか自分でも分からなかった。が、乗りかかった舟だ、ゆっくりと舟の舳先《へさき》に壺を置いた。

「ありがとよ、爺さん」

と栄二はニンマリと笑って、足で桟橋の踏み板を蹴《け》って小舟を離岸させた。

その時、シュッと一本の鉤縄《かぎなわ》が飛来して艫《とも》に引っかかり、ぐらっと小舟が傾いた。おみなは必死に船縁に摑まっていたが、立ったままで櫓《ろ》を摑もうとしていた栄二は均衡を崩して、そのまま川に落ちてしまった。

ほとんど同時、李朝の壺も舳先から傾いて、川面にボチャンと落ちた。すうっと川底に沈んでいくのが見える。神田川は舟が往来しやすいように深くなっているので、あっというまにずぼずぼと消えゆくのを見て、峰吉は思わず飛び込んだ。

金槌《かなづち》ではないものの、ろくに水練もしたことのない峰吉が、老体とは思えぬほどの素早さで、ぐいぐいと潜っていく。壺の重みで、浮き上がることなどできないはずだ。が、火事場の馬鹿力ならぬ、溺れる者藁をも摑む必死さで、次の川面に現れた峰吉は髷《まげ》がぐじゃぐじゃになっていたが、笑みさえ浮かべていた。

一方、栄二の方は対岸に向かって泳いで逃げていた。しかし、向こう岸にも捕り方や岡っ引が待ち伏せている。お縄になるのは目に見えていた。

峰吉が周りの者に手助けされて、河岸に引き上げられると、目の前に綸太郎が立っていた。呆れた顔で見下ろしている。

「濡れ鼠やな」

「若旦那……いてたんですか」

自身番から持ち出した鉤縄を咄嗟に投げたのは、綸太郎だったのだ。神楽坂下で騒ぎが起こっていると聞いて駆けつけて来てみたら、峰吉が人質になっていたので、ずっと助ける隙を見計らっていたという。

「そうでしたか。こりゃ、えろうご迷惑をおかけしました」

「他人行儀なことを言いなや」

「へ、へえ……」

と峰吉はずぶ濡れのまま、水が入って重くなった壺を後生大事に抱え込んでいた。

「李朝の壺とか言うてたが、これはどないしたのや」

「あ、いえ別に……」

「別にやあらへんがな」

それでも峰吉は悪さが見つかった子供みたいに風呂敷を庇うように抱きかかえているので、綸太郎はくすりと笑って、

「まあ、ええ。おまえが人の命が大事やとモノを投げ出したのは初めて見た」

「そんなアホなことありますかいな。私はいつかて、人の命の重さを感じとります」

必死に言い訳する峰吉を、綸太郎が少しばかり温かい目で見ていると、おみながそっと近づいて来て、

「ありがとうございました」

と丁寧に頭を下げた。その瞳に、昼間とは違った憂《うれ》いを感じて、峰吉はどう答えてよいか分からなかった。同時に、心の片隅で、

——瀬戸黒を割ったことがバレてしまう。

という思いに駆られ、峰吉はさりげなく、おみなを綸太郎から引き離して、

「いえいえ。礼には及びまへん。ええ、何でもないことどす。はは、人間、どこでどうなるか分かったもんやないさかいな。ま、お互いさまというか、貸し借りというか」

「何をそない慌てとんのや」

「な、何をおっしゃいます若旦那。私は全然、慌ててなど……」

「まずは、おみなさんに謝らなあかんで」

「――へ？」

「へ、やないがな。おまえ、おみなさんから、百五十両も取ったやろう。きちんとお返し
し」

「…………」

「瀬戸黒のような高い壺は運んだりしている途中に落としたり奪われたりすることがある
さかい、骨董〝講〟に入っておるの、おまえも承知しとるやろ。もう何年も賭けとるさか
い、百両は無理でも半分くらいの金は返って来る。おまえの齟齬《そご》がなければな」

峰吉はキョトンとした顔で、綸太郎とおみなの顔を見比べていたが、

「若旦那……この人のこと、知ってはったんどすか？」

「知ってるも何も……まあ、ええ。とんだ災難やったが、どっちも怪我ひとつせずに済ん
でよかった」

と綸太郎は二人を『咲花堂』に誘った。

神田川を振り返ると、栄二はまだ川面で抗《あらが》うように泳いでいる。

「なんや、往生際の悪い奴やな」

綸太郎は呆れ顔でぽつりと呟いた。

八

着替えた峰吉は何度もくしゃみをしていた。いくら陽気のいい日和《ひより》とはいえ、神田川の水は井《い》の頭《かしら》の湧き水が水源だから冷たい。風邪も引こうというものである。

バツが悪そうに座った峰吉の前に、綸太郎は既に箱から取り出していた李朝の壺をドンと置いた。その見栄えはなかなかのようだったが、

「こりゃ、あかんで」

と綸太郎はあっさりと言った。

「どういうことですか……」

不安な目を向ける峰吉の横で、おみなも心配そうに見ている。

「おまえ、これを何処で仕入れたのや」

「へえ、それは……」

『江戸屋』という骨董屋仲間から、二百両のところを少し負けて貰って買ったこと、その金は偽の瀬戸黒を『出羽屋』に売った代金とおみなから貰った金を当てたと説明した。

「なんちゅうことをするのや、峰吉。骨董商の風上に置けんことをしてもうたな。人様に知れたら、おまえ一人の悪さで済まへん。『咲花堂』の名折れやないか」

「も、申し訳ありまへん」

と峰吉は俄《にわか》にしおらしくなって、「それでも、私は私なりに、なんとか若旦那の利になると思うて、李朝の壺をどすな……」

「これは李朝の壺なんかやない」

「ええ⁉」

「たしかに巧みに作ってはおるが、おまえも玄人《くろうと》なら騙されなや。こりゃ、どう見たって、明風の草花文を真似した李朝の贋作《がんさく》や。この染め付けから見て、伊万里《いまり》の窯やろ」

「そ、そんな……」

「ま、それでも十両やそこらの値はつくかもしれへんな」

「十両……相撲取りやあらへんで。くそッ、『江戸屋』め、騙しおってからに」

「それは責められへんで。そこで怒ったら、これまた、おまえの目の悪さを世間に知らしめるだけや」

「へえ……」

「それどころか、『出羽屋』にしょうもない茶碗を騙して売ったのは骨董屋の風上にもおけんことや。恥を知れ」

峰吉はがっくりと項垂《うなだ》れて、申し訳ないと謝った。自分の欲が、人を騙すことになるということを、改めて肝に銘じて、心から反省をした。

「若旦那……」

と、おみなが柔らかな声をかけた。

「元はと言えば、ぶつかった私が悪いんです。瀬戸黒という茶碗が割れなければ、つつがなく務められていたことですから」

「情けは無用ですわ、おみなさん。こいつは番頭として少々、気合いが足らないのや。俺の目付役として江戸に来ながら、京の親父の目が届かんと思うて、のぼせてるのかもしれまへん」

峰吉は背中を丸くして小さくなった。

「でも、この方は咄嗟に私を助けて下さろうとした。思わず取る行い。それこそが、その人の本性だと思います」

「まあ、そうでしょうが……」

と言いかける綸太郎を遮《さえぎ》るようにして、おみなはさらに続けた。

「ねえ、若旦那。前に話したことがあると思いますけど、この世の中では何が本物で、何が偽物なんて、決まってないんじゃないでしょうかね」

「え……？」

「私も細々とですが商いをしていますから、なんとなく分かる気もしますが、とどのつまりは、その人の思いではないでしょうか」

「………」

「それは、李朝の壺ではないのかもしれない。本物ではないかもしれない。でも、それでも、その器を本当に気に入ったのなら、たとえ千両出しても値打ちはあるのではないでしょうか」

「いや。それは間違いや」

　綸太郎はきっぱりと答えた。

「ほなら、おみなさん、あんたは二束三文の帯締めや襦袢《じゅばん》を、気に入ったからというて百両出す人に売らはりますか？」

「それは……話が違うと思います」

「そうかもしれまへん。でも、骨董の値はふつうの商いと違うて、値はあってなき如き、なくて有る如き……なんや禅問答みたいですが、つまりはただの目安どす。秤《はかり》みたいなもんですがな」

「へえ。人それぞれ、分相応不相応ってのがありますが、骨董だってそうどす。これは人の上下を言うてるのやありまへんえ。モノには、そのモノに相応しい人が持って、初めて値打ちが出るのどす」

「秤……」

「モノに相応しい人……」

「人間同士もそうだと思います。相応しい人というのは必ずおる。おみなさん、あなたと栄二ちゅうヤクザ者は釣り合いが取れまへん。どこぞで間違いがあったのどす」

おみなのことを綸太郎はある程度、知っているようだったが、峰吉にはさっぱり理解できなかった。湯島の『天神屋』などという太物《ふともの》問屋とは付き合いがないはずだ。綸太郎がなぜ、この女を知っているかが不思議だった。

「おまえが知らぬのも無理はない。俺も、つい二、三日前にひょんなことで知り合ったばかりや」

「そうなんですか?」

綸太郎は申し訳なさそうに微笑んで、おみなも頷いた。

「この人から話を聞いてな、おまえがなんで、頑《かたく》なに独り者を通しておるのか、分かるような気がしてな」

「……どういうことです」

「この人の顔に覚えはないか？」

「覚えって……」

峰吉はまじまじと改めて見つめたが、思い当たる節はなかった。

「私は、母親似だとよく言われたのですが」

「母親……？」

「もし、歯車が少しでも違っていたら、峰吉さんと母の人生は変わっていたかもしれないし、私はこの世に生を受けてなかったかもしれない……私のいない世だったかもしれないと……」

切々と言うおみなの顔をじっと眺めていた峰吉の目に、微かな光が灯った。もしやという思いと、まさかという疑いが入り交じって複雑に揺れた。その気持ちを察したように、
綸太郎はぽつりと、

「そや……千鶴《ちづる》さんという方の娘さんや」

「ち、千鶴……!?」

峰吉が長い年月、忘れられずにいた名前だった。いや、忘れたくても心の奥に澱《おり》のように沈んだままの女の名だ。

「そう言えば……どことのう面影があるような気がする」

と峰吉はもう一度、目を凝らした。

千鶴とは、峰吉が若い頃、行く末を誓った女だった。大坂は天満《てんま》にある商家の一人娘で、峰吉は婿入りをしてもよいと覚悟をしてたほどであった。しかし、千鶴の実家は炭を扱う問屋だったのだが、材木の高騰や炭焼き小屋の災害などが重なって、台所は火の車になっていた。

そのようなことがあるなど峰吉と千鶴は露知らず、二人が生涯を共にすることを全く疑っていなかった。

しかし、結納の席に行った峰吉が見たものは、

『二度と会わないでほしい』

という千鶴の手紙と、仲人たちの険しい顔だけであった。峰吉は訳を知りたかったが、早い話が、千鶴には別に惚れた人ができたというのが理由だった。

とても信じられない峰吉は、千鶴会いたさに実家を訪れたが、その時には既に、江戸の大店の息子のところに嫁いだとのことで、俄に信じられず愕然《がくぜん》となった。

その頃はもう『咲花堂』に奉公して数年経っていた峰吉は、主人の雅泉には内緒で店を飛び出し、江戸まで追いかけようとしたが、そもそも嫁いだ先も分からず、店の者たちに

連れ戻された。

それでも到底、納得のできない峰吉は、それから二年も経ってから、店に暇《いとま》乞いをして、江戸まで出かけようとした。ほんの一時期、江戸暮らしをしていたというのは、何のことはない、女を追いかけて来てのことだった。雅泉はそれを知って、骨董の買い付けということにして、江戸へ送ったのである。

峰吉はその機に、この二年で探していた千鶴の嫁ぎ先である『相模屋』を訪ねた。

しかし、峰吉が目の当たりにしたのは、厳しい現実であり、淡い恋心が満たされるものではなかった。

はるばる上方から訪ねて来た峰吉を、千鶴は懐かしむどころか、

『何をしに来たのですか。こんなところを店の者に見られたり、他人様に勘ぐられたら、主人に叱《しか》られます。私はこのように娘も授かり、幸せに暮らしております』

と当時、二歳くらいの女の子を見せてくれたものの、そのまま追い返した。

その帰り道、峰吉は、

「これは間違いや。千鶴は、店の者の手前、あんな風な態度をしたに違いない。私のことが嫌いなわけやない」

と自分に言い聞かせながらも、二度と会ってはならぬ人だと心に誓った。それにして

も、思わぬ冷たい言葉に、峰吉は打ちひしがれ、

——人は裏切る。でも、物は裏切らない。

そう思うようになって、刀剣や骨董の仕事に没頭するようになったのである。

峰吉は気が遠くなるほど昔の幻影を思い浮かべてから、もう一度、おみなを見て、

「あの小さな子が、あんたはんか？」

「そうです」

「……そうやったのか」

「私、ぼんやりとですが、あなたの姿を覚えております。勝手口の薄暗い土間で、瀟々《しょうしょう》と雨が降っていたような気がします」

「ああ。風も強くて、雨やった……あんな小さかったのに、よう覚えてますなあ」

「——本当のお父さんが来た。迎えに来てくれたと思ったからです」

「え？　本当の……て」

おみなも遠い目になって峰吉をじっと見つめながら、

「私の父はとても厳しい人でした。というより、気分屋で、母はいつも泣いてました。私も叩かれたり、表に放り出されたりしたのをはっきり覚えてます。だから、『この人は本当の父親ではない』と思っていました」

「……………」

「母も時々、うわごとのように、『やっぱり親の言うことを聞くのやなかった。峰吉さんの所へ逃げて行けばよかった』と繰り返すことがありました」

「まさか……」

「本当です。だから、本当の父は、峰吉って人ではないかと、私は思っていたのです。母は年を経るごとにそう繰り返すようになって……」

元々、大坂の実家が火の車だから、『相模屋』に嫁に来たのだが、結局、実家は潰れ、嫁ぎ先も商売が傾いた。父親は案の定、酒や博打、女に走って家業はますますダメになった。挙げ句の果てに、店が潰れかかったままの状態で、父親は酒による病で死んでしまった。

「店は湯島に移ってから、『天神屋』と屋号も変え、随分、小さくなりましたが、それでも母は頑張りました。食べるために……仙吉《せんきち》という弟も出来ていたのですが、子供には不自由はさせたくないと、必死に太物問屋の家業に縋《すが》ったのです。女が他に働きに出たところで、ろくな稼ぎになりませんからね」

「そんなことが……」

峰吉は己の不幸ばかりを嘆《なげ》いていて、穴があったら入りたい気持ちになってきた。

「その後、母は一生懸命頑張って、なんとか小さな店ですが、私たち兄弟に残してくれました。働いて働いて……働き通して、母は五年程前になりますが、流行病《はやりやまい》で亡くなりました。でも、幸せだったと思います……峰吉さんへの思いが遂げられなかったということを除けば……」

「千鶴さんが、そんな思いで……」

と峰吉は、おみなの顔を見つめながら、鼻をすすった。だらしなく鼻水が流れ出て止まらなくなった。

「ごめんな……言うとくけど、わて……いや、私は千鶴さんとは、好き合うてはいたが、その、なんもしとらん。そやさかい、あんたは私の娘やない」

「……はい」

おみなは承知していると頷いた。だが、母が生涯思い続けた人がどのような人かと、一目会いたかったのである。それが神楽坂に江戸店を出した『咲花堂』の番頭だと風のたよりに聞き、取引先や親戚の者たちに確かめた上で、ちょっと立ち寄ったというのだ。

何度も店に入って声をかけようかと思ったが、かえって迷惑になるかと勘ぐって、なかなか行けなかったという。それが今日、思い切って訪ねてみると、丁度、峰吉が出かけた後だった。だから、行く先を綸太郎に聞いて、追ったのだが、間合いが悪く、

「ぶつかったという訳ですか」

「はい。でも、あのお金は本当に、母が貯めていたお金なんです。いつか、『咲花堂』の峰吉さんから、立派な茶碗か壺を買うために、他のものは一切、倹約して」

「千鶴さんが？」

「それが……それだけが、母の生き甲斐《がい》だったんです。そのお金を持って、あなたに会いに行ける日を待ち望んでいたんです」

　峰吉は胸がちくりと痛くなった。そして、藻《も》掻《が》くように襟元を掻きむしると、

「アホやな……そんなもん、金なんぞ貯めんかて……茶碗なんぞ買わんかて……いつでも、訪ねてくれたらよかったのに……いや、せめて文のひとつでもくれたらよかったのに……アホやな……」

　さめざめと峰吉は泣いたが、情け深い笑みで見ているおみなを振り向いて、思わず手を握り締めた。綺麗《きれい》な面立ちのわりには、意外に荒れていた。苦労している手だった。きっと、栄二というヤクザ者にも、女一人で生きているゆえ騙されて、泣かされたのだろう。

「もしよかったら、これからも父親と思うて、神楽坂に遊びに来なはれ。私は頼りにならんが……若旦那は役に立つ。三度の飯より、他人様の世話が好きなお人や」

「おいおい。折角の巡り会いや。俺に振るんやない」

綸太郎はまんざらでもないというふうに笑みを零《こぼ》した。

「そや、若旦那。この、おみなさん……そうやって並んでたら、よう似合うとる。嫁に貰うたらどないどす。ああ、そりゃええ、そりゃええ。破《わ》れ鍋に綴《と》じ蓋や」

「おい。そりゃ、あまりええ喩《たと》えやないぞ」

「いや、ほんま似合うとります。大坂の仇は江戸でや。な、若旦那。私の夢、代わりに叶えておくれやす」

「そんなことより、おまえ、明日、色々な所へ謝って金返さなあかんぞ。覚悟しいや」

と笑いながらたしなめる綸太郎の笑顔を、おみなもにっこりと眺めていた。

十五夜の月が神楽坂を煌々《こうこう》と照らしていた。

第三話　夏あらし

女湯の刀掛けとはよく言われるが、何処《どこ》の湯屋にでもあったわけではない。神楽坂三日《みか》月坂《づきざか》のどん詰まりにある『桜湯《さくらゆ》』では、男湯の二階が刀預かりの場所になっており、番頭がきちんと見守っていた。

一

湯屋の二階は、武士も町人もなく、裸同士でつきあう社交場である。将棋や碁を打ちながら、鮨《すし》や菓子を食って町内の出来事を話すのだ。ただの噂《うわさ》話の会ではない。刻限にもよるが、概《おおむ》ね町名主や長老たちを中心にして、町内の政《まつりごと》や揉《も》め事について話す場でもあった。

北町奉行所定町廻り同心の内海弦三郎は、〃縄張り〃にしている神楽坂に来た折は、町場の風聞を耳にするために、『桜湯』に立ち寄ることがよくある。御用というのは表向きで、結局は湯を楽しんで、体をほぐしているだけだ。

しかも、たかが八文の湯代と十二文の二階の使用料も、馴染《なじ》みの顔で只《ただ》にさせているのだから、せこいったらありゃしない。十手の使い場所を間違えているようだ。

その昼下がりは、夏嵐と呼ばれる強風が江戸中を吹き荒れており、土埃《つちぼこり》が舞い飛んで、目を覆《おお》いたくなるほどだった。青嵐のような爽快な風でもなければ、熱風《ねっぷう》のように灼《や》け蒸した風でもない。

——ようやく夏らしくなったか。

という心地よさと、これから暑くなられてはたまらんなあという思いが入り交じったような強い風だった。

だが、さすがに堅気《かたぎ》の人々は、真っ昼間から湯屋に入ってはいない。まだ仕事の最中なのであろう。脱衣所にはほとんど人はいなかった。ただ、女湯の方からはヵミさん連中ののんきそうな声が、かなり大声で響いていた。

「のたりのたり、一人、昼間の湯船かな」

そう呟《つぶや》きながら、内海が石榴《ざくろ》口をくぐって湯船に入ったとき、ぼんやりとした湯気の中に先客を見つけた。石榴口は、脱衣所から洗い場を抜けて奥にある。湯の熱気を逃がさないために、その出入り口は腰を屈《かが》めて通らねばならない。

湯船の湯は結構熱いので、長く入っていることはなかなかできない。サッと浸《つ》かると、板塀に沿った所に座り込み、蒸し風呂のようにじんわりと汗を流すのである。

その熱い湯に、まるで我慢比べでもしているように、アアッと唸《うな》りながら入っていたのは、上条綸太郎だった。

「これはこれは、『咲花堂』の若旦那。さすがは優雅なお人だ。こんな刻限に一人、湯を楽しむとはねえ」

と湯に浸かりながら皮肉を言ったつもりだが、綸太郎は素直に笑って、

「ええ。だから骨董稼業はやめられまへん。いつでもどこでも気儘《きまま》にできますさかい」

「羨《うらや》ましい」

「そういう内海の旦那かて、実に幸せやないですか。こんな刻限にぷらぷらと。あ、そうか、旦那がこうしてるってことは、世の中、平穏無事という証《あかし》か」

「何を言うか。俺にとっては、これも探索のひとつや」

「さいですか」

「ああ、そうだ……」

とバサッと顔を湯で洗ってから、内海はおもむろに、

「丁度、いい所で会った。後で、『咲花堂』まで訪ねて行こうと思ってたんだ。おまえにも訊《き》きたいことがあってな」

「何でっしゃろ」

「近頃、あちこちの武家屋敷や商家、あるいは寺社の本堂や庫裡《くり》から、色々な骨董が盗まれる事件が続いているのだ。おそらく『いかずちの熊蔵《くまぞう》』という奴の仕業なのだが、盗ん

だ物を捌《さば》く……金にするための闇の骨董屋がのさばっておるようなのだ」

「闇の……」

刀剣目利きはもとより、骨董店はたとえ古道具屋の類《たぐい》でも公儀や藩に鑑札を貰《もら》わなければならない。それは贓物《ぞうぶつ》、つまり盗品を扱う輩《やから》を取り締まるための〝社会政策〟のひとつだったのだ。が、ふつうの大店《おおだな》の問屋仲間のようにきちんとした組合があるわけでもないので、密《ひそ》かに骨董店を営んでいる者はいくらでもいた。

しかも、そのような連中に限って、紛《まが》い物や贋作《がんさく》を本物と偽って、好事家《こうずか》に高く売りつけたり、盗品と知りながら換金を請け負う者も多かった。

だが、当たり前の商売と違って、人目につかない所でされていることが多いので、摘発をすることは難しい。だから、お上も取り締まりはすれども、なかなか尻尾を摑《つか》むことができなかったのである。

「今般の事件は、盗品をただ売り捌《さば》いたというように留まらぬのだ」

内海は二人きりしかいない湯船だが、声を潜めて、

「殺しも絡んでいる。つい先日、神楽坂上の赤城《あかぎ》神社境内《けいだい》で首吊《つ》り死体があったのを、若旦那も知ってるだろ。三十がらみの男の」

「へえ。まだ身元が分かってないらしいですな」

「いや……まあ、聞け。自害したがるのには二通りあってな、自分の家で死ぬか、さもなくば縁もゆかりもない土地へ行って死ぬかだ」

「そうどすな……」

「だが、この前の首吊りの死体は、どう見ても遠くから来た感じではない。道中手形があるわけじゃなし、普段着だった。財布にも幾《いく》枚かの一分銀だけだったから、近在の者かと思われたが、誰も知らぬという。まだ、探索中だが……浮かんだのが、人形町《にんぎょうちょう》の『鹿島屋《かしまや》』という骨董店だ」

「『鹿島屋』……あまり知りまへんが。うちとは付き合いはありまへんな」

「さもありなんだ。その店は、つい二月《ふたつき》前に開いたばかりで、もちろん公儀から鑑札も受けてない。つまり潜《もぐ》りの業者だ」

「その店と、首吊りが関わりあるのどすか」

「大ありなんだよ。死んだのは『鹿島屋』に出入りしていた〝古道具屋の辰《たつ》〟と呼ばれる、いわば遊び人だ。刺青《いれずみ》をしていたわけでもないから、最初は分からなかったのだが、奴が財布につけていた根付け……これが、身なりに似合わぬご禁制の象牙《ぞうげ》の立派なもので、抜け荷絡みを合わせて奉行所で調べていたら、辰という者だと分かったんだ」

綸太郎はしだいに紅潮してくる顔を、内海に向けて、

「その辰とかいう男が、贓物と関わりあるのどすか？」

「そこが、まだ分からぬのだ。が……『鹿島屋』が盗品を扱っているという噂はある。主人の喜兵衛《きへえ》は、元は上方にいたらしいのだが、あちこちを転々として、人形町に店を出した」

「そんな奴がねえ……」

「何故、人形町なのかは分からぬが、とにかく、その店が江戸中から集まる盗品を、うまく捌いている疑いがあるのだ。だから、辰という男を殺した奴を探し出せば、『鹿島屋』との繋《つな》がりを引っ張り出せるやもしれぬ。だから、この辺りを入念に探りを入れてるというわけだ」

「この辺りを？」

「神楽坂上の赤城神社を殺しの場として選んだのだ。『鹿島屋』の手の者が、この辺りに潜んでいることも考えられるのでな。神楽坂という所は、それこそ夜になれば、路地の先が見えなくなるほど入り組んでいる。まるで迷路だ……お上から、身を隠すには、そして逃げ道を作っておくには丁度よいらしいしな」

「待っとくれやす。それではまるで、ここの住民が悪いみたいやないですか」

「そんなことは一言も言うておらぬ。この地の怪しさを利用して、隠れ蓑《みの》にしてる輩もおろうということだ」

と内海はバサバサと湯を掻《か》き回しながら、「若旦那……町奉行所では、あんたも狙《ねら》われてるのだぞ。怪しい人間としてな」

「俺が？　どうして、また」

「いくら何百年も続く京の老舗《しにせ》でも、江戸では新参者だ。名家の陰《かげ》に隠れて、悪さをしてないとも限らぬからな」

「神楽坂で首吊り死体が出ただけで、うちが疑られてるのどすか」

「だけではない……おまえは老中松平定信《まつだいらさだのぶ》様はじめ幕閣連中とも関わりある御仁《ごじん》だから、余計、怪しまれてるのだ」

御仁を強調して、内海が言うと、綸太郎はもう一度、湯を押しやるような仕草で、

「かないまへんな……身に覚えのないことで、やいのやいのと疑られては」

「だったら、この俺に手を貸してくれぬか。なに、俺とおまえの仲じゃないか」

まるで裸の付き合いとでも言いたげに、ニンマリと笑った内海の心を綸太郎は読めている。骨董に纏《まつ》わる裏事情を仕入れたいだけであろう。

たしかに、内海とは幾つかの事件で関わってきたが、探索力や剣術には並はずれたものがあって感心していた。だが、綸太郎はお上の探索に積極的に関わりたいと思ったことな

どない。困った人にお節介はするが、面倒な事件は御免だった。

内海は熱い湯を押しやりながら、

「まあ、そんな顔するなよ。人生、湯船の湯と言うじゃねえか」

「は？」

「こうやって……湯を掻き集めてはいかん。たとえば温《ぬく》いときにだな、こうやって向こうにおしやると、ほら、自然と熱いのが戻ってくる。人助けは、てめえのためでもあるんだから、な」

綸太郎を少し疑いながらもいい加減な理屈を並べたてて、さっさと風呂からあがった。

二階で茶を啜《すす》り始めた内海だが、事件はその直後に起こった。

二階の番台に預けていた刀と十手が、刀掛けからなくなっていたのである。

すぐさま主人と二階番頭が慌てて、平身低頭で謝ったが、内海の怒りが治まるわけがなかった。武士の命である刀と同心の宝である十手が、いっぺんになくなったとなると、内海自身の進退問題にもなる。

「も、申し訳ありません。すぐに探します。申し訳ありません」

狼狽《ろうばい》する二階番頭に内海は苛立《いらだ》って、「謝って済むか、このバカモノ！」と叱《しか》りつけたが、なくなったものは仕方がない。探し出すしかないやないかと綸太郎は懸命に諌《いさ》めようとしたが、興奮冷めやらぬ内海は猛獣のような声を荒らげて、湯屋から飛び出すと、あちこち駆けめぐった。

その刀と十手が消えた一件が、もっと大きな事件を引き起こそうとは、綸太郎とてまだ思ってもいなかった。

二

呉服橋《ごふくばし》御門内の北町奉行所に戻った内海は、筆頭同心に付き添われ、与力の前に項垂《うなだ》れて座っていた。与力当番所には、継裃《つぎがみしも》に脇差を差した年番与力、当番与力が四人も出座して、内海の不行跡を責《せ》めた。

「真っ昼間から湯屋に入ることからして、まことに不埒《ふらち》なことだがな、内海……」

と年番方の神川《かみかわ》が不機嫌な顔をじろりと向けて、「刀と十手を盗まれたとあっては、只では済まぬぞ。十手が出て来なければ、御役目御免どころではない。もし、その十手で何か別の事件でも引き起こされれば、切腹を命じられることもあろう」

「は、はい……」

内海は全身が震える思いで聞いていた。

『『桜湯』の二階番頭や主人にもその責がなきにしもあらずだが、最後はおまえ一人が覚悟を決めねばならぬ」

「申し訳ございません」

「謝って済むなら、それこそ奉行所などいらぬ。しかと探索致せ」

「そのことですが……」

と内海は遠慮がちに与力たちを見回して、「今般の十手と刀を紛失した一件は、私が鋭意探索中である、盗品の骨董事件と深く関わりがあるのではないかと存じます」

「何故じゃ」

と神川は憮然《ぶぜん》とした表情のままで、「心当たりでもあるのか」

「確たることではないのですが、私はこの探索を深めているうちに……先般も、筆頭同心の藤田《ふじた》様に申しましたが……神楽坂の首吊り事件、あれと関わりがあると摑みました。そのことから、私の身辺にも何かと怪しい動きがあったのです」

「怪しい動き？」

「はい。組屋敷には犬猫の死体が投げ込まれたり、目をつけた骨董店の番頭の行方が分からなくなったり……つまり、私の探索を邪魔をする輩が見え隠れしているのです」

「邪魔をするとな……そうと知りつつ、刀と十手を奪われたるは、かえって手抜かりだという誹《そし》りを免《まぬか》れまい」

「湯屋には、私と神楽坂『咲花堂』主人の上条綸太郎の二人しかおりませなんだ。もちろん、その者は私と一緒にいたので、盗むことなどできませぬ。盗む理由もありませぬ。只今、岡っ引や下っ引を使って、『桜湯』の周辺で怪しい奴がいないか調べさせておりますが、この一件が首吊り、そして、贓物売買一味の摘発に繋がると、私は確信しております」

内海の言い分は、自己弁護に聞こえたのであろう。与力たちはそれぞれ不満げに唇を噛《か》んでおり、引き続き探索を命じる者は誰一人いなかった。

しばし沈黙があって、おもむろに神川が声を発した。

「刀と十手については、他の者に探らせる。おまえは組屋敷にて謹慎しておれ」

「そんな……刀や十手のことはともかく、贓物売買一味の探索に支障があっては、元も子もありませんッ」

「ならば、おまえが知り得たことを藤田に話して、引き続き誰かに調べさせるがよい。おまえ一人の手柄にしたいわけではあるまい？」

「もちろん、そんな気は毛頭ありません。私はただただ……」

盗みをし、それを売って濡《ぬ》れ手で粟《あわ》の儲けをしている不逞《ふてい》の輩を捕縛したいだけだと、懸命に訴えた。

「それは、ここにいる与力とて同じだ。後は、私たちに任せて、よいな……謹慎せよ」

と神川はもう一度、強く言い放った。

内海はやむを得ず、頭を下げて、その場から立ち去るしかなかった。が、去り際、与力の一人が、ふっと薄笑いをした気がした。

一瞬、錯覚ではないかと内海は思ったが、もう一度、振り返ると、たしかに年番与力の阿波野《あわの》が俯《うつむ》いたまま、笑いをかみ殺しているのが見えた。内海は思わず、

「何がおかしいのですかな、阿波野様」

「む……？」

と阿波野は顔を上げたが、その時にはすうっと笑みは消えており、恰幅《かっぷく》のよい腹を突き出すように睨《にら》んで、

「私が何だと？」

「笑っていたではありませぬか」

「馬鹿を言うな。笑ってなどおらぬ。謹慎を命じられたからといって、言いがかりをつけるのはよせ。おまえは前々から、すぐ私に嚙みついておったが、何か怨《うら》みでもあるのか？」

「いいえ……私の目が悪いのでしょう」

内海はあえてそれ以上は言わず、廊下に歩み出た。しばらく玄関の方へ歩くと、与力当番所を振り返って、

「阿波野……阿波野泰蔵《たいぞう》。あいつは、昔から、どうも好きになれねえ」

と小声を洩《も》らした。かつては、上役だったのだが、大物の盗賊を捕らえ損《そこ》ねたことで責任を追及され、半年程、職を解かれてからは、奉行所の事務方を司《つかさど》る当番与力として腕を振るっていた。

「もしかしたら……」

阿波野がどこかで今般の事件と繋がっているのではないかと、内海は根拠のない疑いを持った。拝領屋敷は、同じ八丁堀組屋敷でも、目と鼻の先にあるからであり、時々、内海の様子を窺《うかが》っている節があったからだ。

「きちんと謹慎をしてるかどうかも、見張られるやもしれぬな」

内海は暗澹《あんたん》たる気分に陥《おちい》ったが、もちろん、大人しく屋敷に籠《こ》もっているつもりはなかった。奪われたのは先祖伝来の名刀・堀川国広《ほりかわくにひろ》である。十手なんぞ幾らでも代わりを作れるが、刀はそうはいかぬ。

——意地でも取り返してやる。

と、まだ見ぬ〝下手人〟を捕まえようと躍起になっていた。

その頃、綸太郎は人形町の外れにある『鹿島屋』まで訪ねて来ていた。浜町《はま》からの川風に、軒提灯《のきぢょうちん》が揺れている。

まもなく日が暮れるが、まだ火を入れていない。いや、そんなことをすれば飛び火して危ないから、ただ看板代わりに下げているだけであろうが、手入れの悪さは一見して分かった。つまり、骨董屋として、

――物を大切にしていない。

ということである。普通の人が見落とす細かいところではあるが、提灯の骨や紙質を見るだけでも、骨董屋という商売をどう考えている主人か見当がつくというものだ。

「ごめんください」

もう何度も声をかけているが、一向に奥から人が出て来る気配がない。表戸は半ば開けたままであるし、上がり框《がまち》にはいくつもの履物が並んでいるから、中《なか》に人がいるのは確かだ。ひそひそと話しているような気配もする。だが、返事がない。

「誰かおりませんかな。ごめんくださいな」

奥の方でちらっと人影が動くのが見えた。だが、まったく無視をしている様子である。

茶器、書画、陶器、仏像、漆《うるし》工芸、浮世絵、そして太刀など、どのようなものであれ、それを陳列するに相応《ふさわ》しい場所と、並べる塩梅《あんばい》というものがある。丁度、料理にあった皿を用意するように、骨董品にはそれなりの雰囲気の場所が必要なのだ。

それは客に対する見栄えだけのことではない。湿度や温度、日の当たり具合などによって、物は生きもするし死にもする。だから、命ある物を愛《め》でるように扱わなければ、骨董は只の襤褸屑《ぼろくず》になってしまうのである。

この店の者は、骨董を大切にしていない。ただのモノとして、倉に置いてあるだけの感覚のようだ。夏嵐が厳しい時節なのに、土埃を払うどころか、蜘蛛《くも》の巣すら処理していないものもある。

だが、綸太郎は店内の一角にある幾つかの壺や花瓶を見て、あっと目を凝らした。

それはまさに、南宋《なんそう》や李朝《りちょう》、高麗《こうらい》などの染め付けや白磁壺、さらには常滑《とこなめ》、丹波《たんば》、信楽《しがらき》など鎌倉《かまくら》や室町《むろまち》の世に作られた六古窯《ろっこよう》がずらりと並べてあった。いずれも数十両から、数百両する逸品ばかりである。

綸太郎は驚くというより、震えがきていた。そのぞんざいな扱い方にではない。

――内海の旦那が言っていたとおり、盗品の数々かもしれぬ。

という疑いが明瞭《めいりょう》に広がったからである。壺や物の値打ちを知っている者たちならば、このような乱雑な置き方はしないし、正規に売るのであれば、お墨付や差し紙をきちんと手に入れて、整理しているはずだ。

あるいは贋作かも知れないと、綸太郎は訝《いぶか》って、丹念に見ていたが、いずれも値打ちものばかりであった。玉石混淆《ぎょくせきこんこう》ではない。まさに、すべてが宝のようだった。

その中に、ひとつだけ、明らかに〝西美濃四耳壺〟を真似《まね》た紛い物があるのを見つけた。本物なら平安朝に出来たものである。綸太郎にとっても垂涎《すいぜん》ものであったが、灰釉の掛かり方と緑の自然釉の塩梅が妙だ。最近の窯で焼いた安物に間違いなかった。

綸太郎はそれを手に取ると、表に取り出して、わざと地面に叩《たた》きつけた。

バリンと鈍い音がした途端、あっという間に、奥から数人の男たちが飛び出て来るなり、綸太郎に近づいてグイと腕を摑んだ。すっと身を引いたために、男たちは丁度小手返しにあったような感じで倒れた。

「てめえ！　なんだって割りやがった」

「おや？　見てはったんどすか」

「じゃかあしいッ。ふざけるな、このド素人《しろうと》が！」

と喚《わめ》きながら、綸太郎をずらりと取り囲んだ。いずれの男たちも、多くの修羅場をくぐってきたような猛者《もさ》揃いである。頰《ほお》や額に刀傷が鮮やかに残っており、捲《まく》った二の腕に彫り物をこれ見よがしに入れている者もいた。

「いや、実に逸品揃いや。これだけのもの、どこでどう調達したのか、聞きたいのどすが、御主人はどの方かな？　ああ、言うとくが、この割った壺は、二束三文や。他の壺や甕《かめ》と一緒にしといて、買う方が誤解してもあかんからな」

「黙れ、このやろう」

兄貴格の大柄な男が懐から匕首《あいくち》をちらつかせたが、綸太郎は知らぬ顔で、

「後になったが、私は神楽坂『咲花堂』の主で、上条綸太郎という者どす。お初にお目にかかります」

と、わざとはんなりした京言葉で頭を下げたがために、ならず者風の店の者たちは刃物を抜いて躍りかかろうとしたとき、

「これ、待ちなさい」

と奥から声がかかった。凛《りん》とした、冴《さ》え渡る鈴の音のような声で現れたのは、男物の着物をさらりと着流した女だった。

——女……。

綸太郎は凝視した。さらりと巻き上げただけのうなじが、艶《あで》やかで白く、何気なく口元を押さえる指は白魚のようだった。

「大変、無粋なことを致しました。神楽坂『咲花堂』さんの上条さんとは知らず、申し訳ないことで……おまえたち、割れたのを片づけて、離れにでもお行き」

と命令する、猛者どもはヘイッと威勢のよい声で答えて、言われたとおりに素早く動き始めた。それを横目で見ている綸太郎に、女は妖《あや》しげな笑みで見やると、

「上条さんが見抜かれたとおり、その西美濃は贋作です」

「……………」

「もちろん、売るつもりはありませんから、お気遣いなく。傘立てにでもしようと思ってたものですから。それにしても、さすがは『咲花堂』さんの若旦那。一見してよう分かりましたな、真贋が」

綸太郎はそれには答えず、さりげなく近づいてくる女に、

「御主人にお会いしたい。たしか、喜兵衛さんやと聞いて参ったのやが」

「私が、『鹿島屋』喜兵衛です」

「ええ？」

「女だから、おかしいですか？『鹿島屋』喜兵衛といえば、そりゃ『咲花堂』さんには遠く及びませんが、常陸《ひたち》の国の方ではちょっとした刀剣目利きでしてね、私はその三代目なんです」

その話はでたらめだと綸太郎は思った。たしかに、鹿島神流《かしましんりゅう》という剣の流派があり、始祖は松本備前守政信《まつもとびぜんのかみまさのぶ》という塚原卜伝《つかはらぼくでん》の師と言われている。神官でもあった政信は他にも薙刀《なぎなた》や槍などの武芸に優れ、直属の刀鍛冶《かじ》や研ぎ師、目利きなどを引き連れていたという。『鹿島屋』はその流れを汲《く》むとのことだが、既《すで》に戦国の世において、〝鹿島の太刀〟は絶えている。箔《はく》をつけるために名乗っているのであろうが、綸太郎はあえてそのことについては問いかけなかった。

——このような絶品を何処から仕入れたか、あるいは盗んだか。を知りたいからである。喜兵衛と名乗る女は、艶やかな笑みを洩らして、

「返事をしなかったのは、どうせまた、ひやかしだと思ったからです。『咲花堂』さんの若旦那と知っていたら……こちらこそ、お近づきになりとうございます」

と丁寧に言って、奥座敷に誘った。

「それにしても、骨董屋には相応しくない手代さんたちですな」

「用心棒代わりなんです。女一人の商いですから。それに、高いものばかり扱ってますからね、怖い目に何度も遭《あ》いましたので」

女はさりげなく綸太郎の手を握って、奥へと引き入れた。ぞくっとするくらい、湿っぽく冷たい掌《てのひら》だった。

三

店の奥も店内と同様に、人が住んでいる所にしては生活臭さがなく、まるで妖気のような、ひんやりとした空気が漂っていた。

差し出された徳利《とつくり》は、李朝の白磁鶴首瓶のような希有《けう》なもので、普段使いするには勿体《もったい》ない。数十両の値打ちがある。それを平気で使うとは、感性が鈍いのか、贅沢なのか綸太郎には理解できなかった。

「喜兵衛さん……こんな立派なもので注がれた酒は、さぞや肩身が狭いでしょうな」

「そうでしょうか」

「受ける俺の手も震えてますわ、ほら」

と綸太郎はわざとらしく杯を震わせて、「ところで……あれだけの逸品、どうやって、何処から手に入れたのですかな、喜兵衛さん」

「佳代《かよ》と呼んで下さい」

「え？」

「本当の名は、佳代というのです。仕方なく父を継いで、喜兵衛などと名乗ってますが、一人の女になったときには、そう呼ばれるのは面映《おもは》ゆい……それより、なんだか寂しいでしょ？」

「佳代さん、か。ええ名前どすな。その方があなたに相応しいおっせ」

と杯を軽く挙げて、酒を飲んだ。返盃すると、佳代も素直に受けて、じっくり味わうように飲んでから、

「ありがとうございます」

切れ長の目に長い睫毛《まつげ》がすうっと伸びている。流すように見る瞳がなんとなく儚《はかな》く、色香を発しているようだった。綸太郎は熱い眼差しを見つめ返しながら、

「さっきも言うたが、これだけの逸品絶品を揃えるんは、なかなか大変や。それに……」

「それに？」

「骨董店のくせに、ぞんざいに置いてあるのも気になる。きちんと保っておかないのは、もしかして……すぐに転売する気やから。違いますか？」

と綸太郎は本題の核心に触れた。佳代はビクンとまるで乳首にでも触れられたように身を硬くして、妖艶な目を細めた。

「馬鹿なことを……」

「しかしな、そういう噂が流れとる」

「人の話なんか、まともに受け取っていたら、私たちみたいな商いはとてもやっていけません。『咲花堂』さんなら分かるでしょうが、骨董商は本物を扱うこともあれば、偽物を摑まされることもあります。真贋を見抜くのは己《おのれ》の目、ひとつです」

またギラリと切れ長の目を流した。

「だから、値があってないようなもの。私たち一人一人に、己の心眼と……少しばかりの博打心《ばくち》がないとできませんよ」

「転売をすることが骨董屋の仕事とは思えまへんな」

と少しばかりキツい声で綸太郎は言った。

「刀剣にせよ骨董にせよ、埋もれているものを見つけ出して、できるだけ多くの人に見て貰う。金にモノを言わせる、一握りの好事家の餌食《えじき》にするのやのうて、先人が生んだええものを後の世の中に残す。そして命を吹き込む。それが、私らの使命やと思いますがな」

「はあ……さすがは『咲花堂』さんですね。いいことをおっしゃる。素晴らしい心がけで、凄《すご》いですね」

「あなたはそう思われへんのかな？」

佳代はふいに中庭に目を移した。何処から飛んできたのか、巣立ったばかりの燕《つばめ》がひらひらと飛んでいる。夏燕だ。今の時節、町辻でも見かけるが、賑《にぎ》やかな鳴き声が、蒸し暑さの中にあって、人々の心には清流の音《ね》のように感じられた。

「あの燕の声をどう思いますか？」

「ん？」

「美しいとか可愛いというのは、人が感じるだけのこと。鳥たちはあるがままに飛んで、鳴いてるだけです」

「…………」

「陶器や書画も同じ。作った人があるがままの心で、燃えたぎるものを発露しただけ。それに値をつけるのは他人様の仕業です」

「だから？」

「私は値をつけることで、本来、モノが持つものとは違った……新しい値打ちを作るのが、骨董屋の生き方だと思います」

と佳代は自信満面に言ったが、綸太郎はふっと微笑を浮かべて、

「盗んだものを売り捌いて、その理屈は納得でけしまへんな」

「盗んだもの……」

「違いますか？」

「…………」

「そうや」

綸太郎はもう一杯、酒をぐいと飲んで、「北町奉行所では、前々から、ある盗賊一味を追っていたのや。『いかずちの熊蔵』という者を知っているか」

京の嵐山《あらしやま》に、俗にいう『どろぼう寺』があった。人気のない竹藪《たけやぶ》の中に蕭然《しょうぜん》と建っている古刹《こさつ》で、永楽寺《えいらくじ》というのだが、そこには古今東西の美術工芸品が集められている。東大寺の瓦《かわら》や明帝の鐘などという、およそ骨董とは違うものもあって、好事家が押し寄せて大金を払って買うというのだ。

綸太郎も何度か赴《おもむ》いたことがあった。たしかに眉唾《まゆつば》ものの代物《しろもの》もあったが、置かれている茶器や壺の中には、本物もあったのである。それは明らかに、何処からか盗まれた証であり、持ち主が取り戻しに来たりするのだが、

『これは、骨董商に譲って貰った』

と言い張るのだ。今で言うならば、〝善意の第三者〟ということで、返還する義務はないというところか。しかし、そのような言い訳がいつまでも通用するわけがなく、『どろぼう寺』はいつしかなくなった。その寺を砦《とりで》にして、諸国で名品逸品ばかりを盗む盗賊が、『いかずちの熊蔵』だったのである。

「どうや、佳代さん。その名を聞いたことくらいあるやろ。骨董商やったら」

「知りません」

佳代はきっぱりと言ったものの、目は泳いでいた。綸太郎はすかさず、膝《ひざ》を進めて、佳代の手をぐっと握って、

「この手が……この綺麗《きれい》な手が、汚れたものを売り捌いてるとは思えへんけどな」

「………」

「疑わざるを得んな。店の中にある骨董は、すべて盗まれたものやからな。いや、あんたが盗んだとは言うてない。盗ませたとも思わへん。そやけど、そうと知って捌いたら、あんたも同じ罪やで」

不機嫌に口元を歪《ゆが》めて、潤んだ目でじっと見つめる佳代に、まったく悪びれた様子はなく、自分は知らないことだというふうに微笑《ほほえ》んでいた。綸太郎は贓物だという証を幾つか立ててやった。たとえば六古窯《ろっこよう》のひとつ、信楽大壺について、

「あれは、この俺が富山藩上屋敷の藩主の宝物の中にあったのを見つけて、鑑定したものや。その壺がなくなったことは既に町方でも承知しておるで」

と話した。それでも、佳代はくすりと色っぽく腰をしならせて笑うだけで、我関せずというような表情を湛《たた》えるだけだった。

石英や長石の粒子が高温で弾けて、独特な力強い焼き色がついており、事実、強度の高

い壺である。地面に叩きつけても、土の方が掘り返されるくらいの鉄のような重みもあるから、それを盗んで来るとなると、並大抵のことではない。つまり、盗みの玄人《くろうと》が手を出したということである。

「もう一度、訊く。『いかずちの熊蔵』と、あんたはどういう仲なのや」

「ですから、知りませんって」

「俺も若い頃から、諸国を練り歩いてたのや。その折に、大名やら豪商に刀剣のみならず、家宝の鑑定を頼まれたこともある。一度、見たものは決して忘れない。一晩共にした女は生涯、覚えているようにな」

「あら、若旦那は女を食い散らしているという噂もありますけど？」

「それこそ、聞いたことがないな」

綸太郎は佳代が挑発しているのが手に取るように分かった。話しながら、少しずつ間合いを詰めているし、さりげなく指先や膝頭に触れたりしている。意味なく、うふふと笑ったり、あっとか、えっとか、小さく頷《うなず》く仕草が、なんとも色っぽく感じるのだ。甘ったるい化粧の匂いが部屋に漂っているのも、男心をくすぐった。

だが、綸太郎にとって、佳代は魅力ある女ではなかった。

どのような生い立ちだったか知る由《よし》もないが、決して裕福ではなく、身を削《けず》るようにして必死に生きてきた強さがある。優雅に見せているが、一皮剝《む》けば、安物の地肌が現れる陶器のようだ。それでいて底の見えない女だった。

『いかずちの熊蔵』のことをしつこく訊く綸太郎に、さすがに辟易《へきえき》したのか、佳代はそっぽを向いて手酌で酒を飲み始めた。徳利が空になった頃合いを見計らったように、さっきのならず者風の手代の一人が、燗酒《かんざけ》と一緒に魚の煮付けや塩からを持って来て、佳代の前に置くとすぐに立ち去った。

「さ、若旦那さんも……」

綸太郎は勧められるままに杯を重ねたが、どうにも佳代という女の腹の中が読めなかった。あくまでも、盗品とは知らずに、持ち込まれたものに値をつけて、別の骨董店や好事家に売っているだけだと言い張った。

「そこまで白《しら》を切られたら、こっちも本腰を入れて、調べないとあきまへんえ。神楽坂の赤坂神社で首を吊った……いや殺された古道具屋の辰という男、これまた『鹿島屋』さんとは深い関わりがあるとか」

「誰です？」

「まあええ。その男のことを探索していた北町の内海の旦那が、何者かに陥《おとし》いれられた。俺も深くは知らへんが、『いかずちの熊蔵』のやりよる手口らしい。つまり、邪魔者は消す、ということや」

と綸太郎がそこまで言うと、観音様のような微笑を浮かべた佳代が、また徳利を差し出した。すると、受けようとした綸太郎を突然、ガンという頭痛と吐き気が襲った。やがて、生あくびが出て、力が入らなくなり、指先に持っていた杯がころりと落ちた。

「あらあら、若旦那。これくらいで酔っぱらっちまったんですか？」

佳代の真っ赤な唇は微笑んだままだが、目の奥がギラリと銀色に光った。

「あっ……」

と綸太郎は思ったが、そのまま前のめりに崩れた。

「ま、まさか……酒に何か毒を……」

「ご安心を、ちょいと眠って貰うだけですよ。こんないい男、殺したりするもんですか」

綸太郎は必死に姿勢を保とうとしたが、朦朧《もうろう》とした頭を振ろうにも力がでなかった。遠くなる意識の中で、ぼうっと幽霊のように廊下から入って来た人影を見て、綸太郎は驚いた。

――お、おまえは……錦小路……綾麿……。

綸太郎はその勝ち誇ったような綾麿の顔をまじまじと見ていた。何故この男がここにいるのか、考えることもできないまま昏睡《こんすい》に陥る綸太郎だった。

四

謹慎を命じられた内海だったが、もちろん組屋敷でじっとしていることはなかった。

下男の美代治《みよじ》に、主人は書斎に籠もったままだと、隣り近所や上役には言っておけと命じて、町場を出歩いて三日が経っていた。もちろん、黒羽織を身につけず、着流しで刀と十手の行方を捜していたのだ。腰には竹光を差していた。名刀堀川国広の重さと比べれば、綿のようなものだった。

その日も、丸一日、神楽坂の『桜湯』から始まって、怪しげな者を見なかったか、刀が何処か質屋などに流されていないかなど、岡っ引らを何人も駆り出して調べたが、これといったものにはぶつからなかった。

そんな時、神楽坂下の自身番に立ち寄ると、中から番人が飛び出して、

「内海の旦那。えらいこってす。大川端に死体が浮かんだらしいですぜ」

「なんだと？」

「それがですね、旦那の盗まれた刀で斬られたというんですよ」

一番恐れていたことが起きた。

内海は後先考えず、殺しの遺体が上がったという浅草並木町《なみきまち》に急いだ。

竹町の渡しの近くで、筵《むしろ》を被せられた遺体が転がっていた。既に駆けつけていた同じ北町定町廻り同心の宮下《みやした》が、岡っ引たちに付近を調べさせると同時に、検死をしていた。

「どういうことなんだ、宮下」

内海が駆け寄ると、宮下は面倒なことになったなと同情の顔を見せつつも、

「おまえは謹慎の身じゃないか。こんな所をうろついてると、筆頭同心の藤田様からまたぞろ上役の与力連中に告げ口されるぞ」

「俺の刀は、どこだ」

宮下が頷いて、傍らの町方中間《ちゅうげん》に持って来させると、たしかに自分の堀川国広だった。それをしゃくり取るようにして鞘《さや》から刀を抜き取ると、べったりと血糊《ちのり》がついている。鞘にまで返り血を浴びている。

筵をめくると、遺体は若い遊び人風の男で、ばっさりと袈裟《けさ》懸けに斬られた太刀筋に合わせると、見事なまでに刃の痕が一致していた。

「案ずるな、内海」

と宮下はその突き出た顎《あご》を撫《な》でながら、「おまえの刀とはいえ、盗まれていたのだから、おまえのせいではないことは明白だ。殺しの訳は、仏の身元が分かるまではっきりせぬだ

ろうが、なに、すぐに見つけてやるから、おまえは大人しくしてるがいい」

「いや、しかし……」

「大丈夫だ。かえって、よかった。盗まれたのだからな」

宮下がそう内海を慰めるように言ったとき、生い茂る夏草を掻き分けるように来た筆頭同心の藤田が、

「そうはいかぬな」

と険しい顔をして睨みつけていた。

「盗まれた刀で人殺しがされたなど、武士としてあるまじき失態。しかも、江戸町人を守るべき町方同心の刀で、町人が殺されたとあっては、奉行所としても分が悪い」

「藤田様……」

内海は何か言い訳をしようとしたが、手にしていた笞《むち》でビシッと地面を叩いて、

「謹慎を申しつけられた者が何故、うろうろしておるのだッ。それだけでも、さらに咎《とが》めを受けるべき由々しきこと。覚悟はできておるのだろうな」

と厳しく言う藤田に、何も言い返すことができなかった。いや、言っても無駄だと思ったのだ。

——この刀を奪い、殺しに使った奴を、自分で見つけ出すしかない。

そう心に刻み込んで、後は宮下たちに頼んで、内海はその場を立ち去った。

もちろん組屋敷に帰るつもりなど更々ない。行く先は決めていた。綸太郎に探索を頼んでいた『鹿島屋』である。

人形町までなら大川沿いにすぐである。

しかし、『鹿島屋』の表戸は閉まっており、激しく叩いても返答はなかった。内海は勝手口へ回って中の様子を窺おうとしたが、板塀の隙間からは何も探ることができなかった。それにしても、人の気配すらない。

——妙だな。

内海は勝手口の木扉を蹴《け》破って、中に押し入った。だが、屋敷の中は、まるでカマイタチでも通り過ぎたかのように障子戸や襖《ふすま》が破れており、血の痕も所々に見られた。

——何だ、何があったのだ。

屋敷内を丹念に調べて回った内海は、店にあるべき壺や甕、茶碗や工芸品など骨董の類もすべてなくなっていることに気づいた。すっからかんのもぬけの殻となっているのである。

「とんずらをこいたか……」

内海は腕組みをして、土間から座敷、離れと見て回ったが、『鹿島屋』の者たちは慌てて逃げたとしか思えなかった。この店は、大通りから少し離れていて、店の両隣が明地《あきち》になっていたから、近所の者たちとの付き合いも薄いらしく、内海が調べたところ、いつ引っ越ししたかも分からないという。

もう一度、店に戻って、何か手がかりがないか克明に調べてから、出て行こうとすると、厨房にある二つの竈《かまど》の隙間に、小太刀が落ちているのを見つけた。

「これは……」

〝阿蘇の螢丸〟という名刀で、綸太郎のものである。

「まさか、あいつの身に何かが……」

内海の胸に苦いものが広がった。訪ねて来た綸太郎に何か思いも寄らぬ災いが降りかかったのかもしれぬ。不安に駆られた内海はすぐさま店を飛び出して、神楽坂に急いだ。


いつもと変わらぬ夏の昼下がり。

だらだらと汗をかきながら、出商いや棒天振《ぼてふ》りたちが、まるで自分の身を痛めつけるかのように、夏嵐の中を走っている。大通りや裏通りを走る内海の体にも、もどかしいくらいの汗が噴き出していた。

こんなに綸太郎のことを心配したことはない。何かあってからでは遅いという思いと、探索に巻き込んだ責任を感じていたのだ。

神楽坂『咲花堂』に着いたとき、ひんやりと奥から冷たい風が流れてくると同時に、

——ちりりん、ちんちろりん。

と風鈴の音がした。江戸切り子で作った上品な味わいの響きである。

「綸太郎！　おるか！」

と荒い息で発する声を聞いて、奥から出て来たのは、綾磨だった。

「……おまえは、たしか、錦小路綾磨だったな」

「はい。そうでございます」

奥に誰かいる気配があるが、まるで綾磨は覗《のぞ》かせまいとするかのように店の土間に降りて来て、端然と並べられている骨董品の間をゆっくりと歩きながら、

「どちら様でございましょうか」

「惚《とぼ》けるなよ。俺に何度も捕まりそうになったと、綸太郎に話したことがあるだろう。もっとも、〝別の世〟のことらしいがな」

「——はて」

「ま、いいや。北町の内海だ。若旦那はいねえか」

「しばらく帰って来ないですよ」

「帰って来ない？　どういうことだ」

内海は手にしていた〝阿蘇の螢丸〟を上がり框の傍らに、これ見よがしに置いた。

「若旦那がある所に忘れてったんだ。しばらく帰って来ねえって話はおかしいんじゃねえかなと思ってな」

綾麿は目の置き所に困ったように、そっぽを向いたが、

「私は、留守番を頼まれただけですよ。ええ、しばらく旅に出るからと。あの方は、思い立ったら吉日。何処にでも行く人らしいから、困ったものですな」

何処かに嘘がある。内海はそう見抜いていた。だが、綾麿が『鹿島屋』と関わりあるとはまだ気づいていない。

「峰吉はどうした。番頭だよ」

「番頭さんも、一緒に旅に出たと聞いております、はい」

「その留守をおまえがな……奥で物音がしたが、他に誰かいるのか？」

綾麿は一瞬、後ろを振り返るような仕草をしたが、

「いいえ。誰も……」

と答えた。内海が探るような目つきで、奥に入ろうとすると、

「旦那。実は、俺のコレがおりやして……へへ、留守の間に悪いとは思ったのですが、訪

ねて来たんだから、しょうがありません。何をしてたって、へへ分かるでしょ」

綾麿という刀剣目利きは、たとえようのない不気味さがあると内海は感じた。命を惜しんでいないというか、怖いものを知らないというか、そんな危うさがある。それは当然であろう。内海は知らぬが、綾麿は〝別の世〟では始末に負えないワルだったのだ。

しかし、内海もならず者と刃をかわしてきた強者である。嘗《な》められてたまるかという思いもあったが、何より、綾麿に胡散《うさん》臭さを感じずにはいられなかったのである。

「邪魔するぜ」

押し入ろうとすると、綾麿がぐいと内海の両肩を摑んだ。

「よして下さいな、旦那。野暮はなしですぜ」

意外に強い力に内海は少し驚いたが、

「どけい！」

と声を荒らげて手を払い、足をかけるように押しやって奥に入ったが、わずかな小上りに人はいなかった。だが、二階にはたしかに人の気配がする。後ろから、まるで羽交い締めにかかるように来る綾麿を蹴倒して、履物のまま階段を駆け上った。

背後でガチャンと壺か何かが割れた音がした。高いものかもしれないが、それを気にするどころではなかった。

二階に上がると、内海は愕然《がくぜん》となった。不安は的中したのだ。

そこには数人のならず者たちが、いや、『鹿島屋』にいた男たちが、縄でぐるぐる巻きにして猿ぐつわを嚙ませた峰吉を床に転がせて、見張っていたのだ。ならず者たちは、素早く匕首を抜き払って身構えた。

「なんだ、貴様ら！」

内海は柳生新陰流を嗜《たしな》んだ手練《てだ》れである。ならず者の五人や六人、たとえ長脇差《ながどす》でかかって来られても、一太刀か二太刀で倒してしまうであろう。しかし、今、腰にあるのは竹光。そして、峰吉が人質となっている状況では、思い通りに立ち回りできなかった。

間を置かず、階段を綾麿が上って来た。

「内海の旦那。だから、野暮はなしって言ったでしょうが」

「おまえら……狙いは何だ」

「ふん。町方如《ごと》きが知ることじゃありませんよ。もっともっと深い所で、お偉方が絡んでるんですからね。おっと、余計なことを言っちまった」

訝しげに見やる内海に、綾麿は余裕の笑みで恬淡《てんたん》と続けた。

「騒がない方が身のためですぜ。それに……竹光じゃ勝負にならんでしょう」

「！……どうして、そのことを」

知っているのかと一瞬、不思議に思ったが、内海はハハンと唇を嚙んで、にんまりと笑っているならず者たちを見回した。

「そうか。てめえらだな、俺の刀と十手を奪いやがったのは」

と竹光を抜き払いざま、綾麿の頰を斬り、ぐいと押さえつけて喉元に竹光の刃先を突きつけた。切っ先は鋭く尖っていて、簡単に喉が裂けるであろう。

しかし、ならず者たちは驚くどころか、哄笑《こうしょう》をして、兄貴格の一人が凄んだ。

「殺《や》りたければやりな。その代わり、この番頭も死ぬだけだ」

ひっひええ……と峰吉は猿ぐつわを嚙まされた口の中で喘《あえ》いだ。それを見た内海は一瞬、たじろいだが、綾麿の喉元から切っ先は僅《わず》かたりとも離さなかった。

「番頭を殺してみろ、この男も死ぬぞ」

「ふん。町方同心が人殺しなんざ、するわけがねえ。あんた、ただでさえ与力さんに睨まれてンだからよ」

「なんだと……」

そんなことも知っているのかと内海は思うと、空恐ろしくなった。

「それによ、その錦小路綾麿なんざ死んだところで、俺たちには何の関わりもねえ」

兄貴分が不敵の笑みを洩らしたので、逆に綾麿が不安げに、内海に斬られて血が流れている頬を歪めた。

「よ、よせ……何を言うんだ……俺がいねえと、本物かどうか、分別できねえだろうがよ。何を言うんだ、おまえら」

と明らかに、綾麿もならず者たちに怯《おび》えている様子だった。ワルはワル同士で、お互いを利用し合っているのであろう。それが何なのか、まだ内海には理解できないが、

──もしや、こいつらが、骨董ばかりを盗む『いかずちの熊蔵』一味ではないか。

そう考えると、内海の中で糸が繋がってきた。『鹿島屋』の正体を綸太郎は何らかの形で摑んだ。だから、綸太郎は何らかの危機に陥った。そして、ならず者たちはここ『咲花堂』からも金目の物を盗む算段をしていたのではないか。そう勘ぐったのだ。

内海がそのような目で一同を見回したのを、ならず者たちも察知したのか、

「分かったようだな……ああ、俺たちが『いかずちの熊蔵』一味だよ」

と兄貴分が舌なめずりして言うと、内海を凝然と見やった。そのほんの一瞬の隙に、綾麿は転がるように竹光の切っ先から逃げ、階段の下まで駆け下りた。

「どうやら、旦那の負けだな。大人しく竹光を置いて、そこに座りな」

「…………」

「なに、殺しはしねえよ。それは俺たちの望むところじゃねえ。今までだって、値打ちも

の骨董は盗んだが、その際、誰一人として殺しちゃいねえ」

「辰は……辰のことはどうなんだ」

「ありゃ、自害だ。俺たちに楯突いたがためのな、ああ自害だよ、なあ、みんな」

兄貴分が同意を求めると、ならず者たちはへらへら笑いながら頷いた。内海は身動き取れず、相手の言いなりになるしかなかった。

五

その夜、近くの『松嶋屋《まつしまや》』という料理屋の座敷に出向いていた桃路は、幇間《たいこもち》のオコゼこと玉八《たまはち》を連れて、『咲花堂』に立ち寄った。いつもの〝神楽坂もずの会〟の帰りである。もずの会とは、『松嶋屋』の主人が神楽坂の旦那衆を集めて、うまいものを食う寄合だ。最後に出た鯛の炊き込みご飯の残りを重箱に詰めて、ぶらり来たのだが、玉八が何度声をかけても返事がない。

白木の格子戸の中に内玄関があって、その奥は木戸が閉じられている。いつもなら、まだ二階に行灯あかりが洩れていて、ちょっと声をかければ、すぐに声を返してくれるのに、

——変だなあ。

と思って踵《きびす》を返した時、ガタガタと二階で音がした。

「桃路姐《ねえ》さん……なんでやしょ」

玉八が桃路の後ろに隠れるように体を小さくした。自分はオコゼのような怖い顔をしているくせに、お化けとか幽霊の類が苦手なのだ。

「やっぱり、変ねえ」

桃路は白格子を開けて、奥の木戸を横に引くと、思いがけず簡単に開いたことに驚いた。てっきり内側から心張り棒がかけられていると信じ切っていたからである。

だが、驚いたのはそのことよりも、店内がガランとしてたことだった。

刀剣や書画骨董が何ひとつないからだ。

整然とした一枚板の陳列棚が闇の中でぼうっと浮かんでいるだけで、壁にかかっていた掛け軸一幅、棚の片隅にあった小さな水差しひとつまでなくなっている。

「どうしたんでしょうね、姐さん。綸太郎の若旦那、引っ越しでもするんですかね」

「そんなこと聞いてないよ」

「ほら、前に姐さんも話してたけど、京には春菊《しゅんぎく》とかいう舞子がいるんでしょ、若旦那と行く末を交わした」

一度、綸太郎がある小刀に纏《まつ》わる事件のことで京に戻ったとき、桃路は追いかけていったことがある。まさに〝追いかけて京〟だった。その折に、春菊と知り合ったのがおかしなことに何故か気があって、綸太郎を挟んで、ちょっとした恋の鞘当てを楽しんだのであった。

「あの娘は別に……若旦那には片思いのようだったしねえ」

と言いながらも心配そうな目つきになって、朧月《おぼろづき》の薄明かりが差し込むだけの暗い室内を見回した。本当に見事に何もない。

「桃路姐さんがしつっこいから、夜逃げでもしたんじゃねえんですかい？　でなきゃ、幾ら女にもてる若旦那でも、そろそろ姐さんに手を出してもいいでしょ。そんな機会はいくらでもあったんですから。なのに、しないのは本当は迷惑なんじゃ……」

「うるさいねえッ」

バシッと玉八の額を掌で叩いた桃路は、まったく不安がなかったわけではないが、

——もし店を畳《たた》むなら、一言くらい話してくれたってよさそうなもんなのに……。

それにしても、なんだか様子が変だ。几帳面《きちょうめん》な綸太郎なのに、きちんと掃除をした形跡はないし、よく見ると、部屋の隅々にはまるで捨て置いたとしか思えない紙くずや木箱などがある。一階の小上がりのような狭い部屋には、箱行灯が倒れたままだった。もちろ

ん火はついていないが、慌てて片付けたような感じがしてならなかった。

「玉八……やっぱり、何か変だよ」

と桃路が呟いたとき、二階でゴトゴトと襖が揺れるような音がした。びくっと腰を引いた玉八に、

「だらしがないねえ」

と桃路は酔っぱらっているのもあって、ずずいと二階に上って行った。急な階段なので、着物の裾《すそ》を捲って向かう。その後ろ姿というより尻の丸みを玉八は見上げながら、

「大丈夫かい？」

と声をかけた途端、キャッと悲鳴に近い声をあげて、奥へ駆け込んだ。玉八も驚いて、思わず追って上ると、二階の部屋には縄でぐるぐる巻きにされた峰吉と、ぐったりとなったまま動かない内海が寝転がっていた。

「番頭さんッ。大丈夫ですか」

桃路は猿ぐつわを取って縄を解いた。峰吉はぶるぶると震えながらも、「ありがとう、ありがとう。助かった」と礼を言いつつ、内海を懸命に揺り起こした。

「八丁堀の旦那は何か毒を飲まされたみたいで……」

「毒を？」

桃路と玉八は、内海に活を入れながら意識を戻させると、階下から水を持ってきて、飲ませた。そして、胃の中を洗浄させたが、頭痛と吐き気が酷《ひど》いようで、すまぬと声を洩らしてから、その場にぐったりとなった。しかし、

「ぶ、奉行所まで報《しら》せを頼む。奴らは……人形町『鹿島屋』の連中こそが、〝いかずちの熊蔵〟一味だ。喜兵衛という主人が、その頭目のようだが……俺もまだ見たことがない」

と必死に喘ぐように言うのへ、桃路は背中を撫でながら、

「無理をしないで下さい。玉八、急いでおくれ。大変なことになってるって！」

「ガッテンでえ」

駆け出そうとするのへ、内海は手を伸ばすように、

「『咲花堂』の若旦那も巻き込まれた節がある……早く居所をつきとめねえとえらい目に遭う。頼んだぜ」

玉八は転がるように走り去ったが、残った桃路は綸太郎が危ういと聞いて、居ても立ってもいられなくなった。

「番頭さん、何があったんですか、一体」

「分からん……なんのこっちゃ分からんが、とんでもないことに巻き込まれたのだけは確かや……ああ、若旦那にもしものことがあったら、私は……どないしょ、どないしょ」

峰吉は心の底から綸太郎のことを案じていた。

その頃――。

とうに四谷の大木戸を抜けた〝いかずちの熊蔵〟一味は甲州街道を西に向かっていた。甲州街道を選んだのは、東海道よりも人目につきにくいのと、甲府《こうふ》や伊那《いな》など、甲州や信州には仲間が営む旅籠《はたご》があるからである。

大木戸では大きな大八車を三台も引いているので、役人に留められて調べられたが、まだ町奉行所から追っ手が出てなかった上に、内海から盗んだ十手を使って、同心に扮《ふん》していた仲間が、うまく立ち回ったので、余計な詮索《せんさく》を受けずに済んだ。

だが、一行は、甲州街道とはいっても、高井戸宿で留まっていた。追っ手を警戒しているのもあるが、ここで贓物を始末する手筈《てはず》になっていたからである。もちろん中には、事のついでにと『咲花堂』から持ち出して来たのもある。そのことで得られるのは、どれほどか分からぬが、

「あまり欲を出すンじゃないわよ」

と喜兵衛こと、佳代は命じていた。

〝いかずちの熊蔵〟一味は、二、三人が一組になって、幾つかの宿に分かれて泊まってい

た。佳代が滞在しているのは、『柏屋《かしわや》』という宿場の老舗で、料理屋としても名のある宿だった。

もちろん、この宿も、〃いかずちの熊蔵〃の息のかかっている所で、主人は先代の四天王の一人と言われる子分だった。先代というのは、熊蔵のことで、佳代の父親である。

佳代は生まれながらにして、骨董だけを盗む盗賊の娘だったのである。それゆえ、幼い頃から、本物を見る目だけは養われていた。丁度、綸太郎が『咲花堂』の息子として生まれ、物心つく前から、本物だけに触れたり見たりしていたように、佳代も育ったのである。

同じ真贋を見分ける術を体得しながら、使い道がまったく正反対と言えた。綸太郎はそのような佳代を哀れに思ってか、

「こんなことをせんかて、まっとうにやれば、やりようによっては日本橋『利休庵』のように幾らでも稼ぐことができたはずや。どうして、盗まなければならんのや」

と佳代を責めた。もちろん、眠り薬から覚めてのことである。だが、

「あなたが生まれながらにして、『咲花堂』の仕事を継ぐことが当たり前だったように、私も〃熊蔵〃を継ぐのが当然だったまで」

と佳代は言い切った。

子分たちは綸太郎を殺そうとしたが、「裏切り者の仲間は始末するが、関わりのない者は殺すな」というのが、先代熊蔵のゆるぎない信念であったから、その場に放置してきたのだ。その場というのは、人形町『鹿島屋』の隠し蔵である。

隠し蔵とは表からは決して分からぬ、いわば二重底になっている蔵で、万が一、盗品などをお上に調べられそうになったときに、秘匿《ひとく》しておく所である。何寸もの厚い板と土塀で固められているから、中から怒鳴っても、なかなか表には届かない。運が悪ければ、そこで飢え死にするかもしれない。

——そうなれば、それもまた綸太郎の運命だ。

と佳代は自分に言い含めて、荷物をたたんで逃亡を実行したのである。

『柏屋』二階の奥の部屋には、それこそ手入れがあったときには、すぐに裏手から逃げられるように隠し扉が幾つかある。

佳代は差し出された魚の煮付けや潮《うしお》汁などにはほとんど手をつけず、裏の取り引きをするために訪ねて来た〝岩村《いわむら》の権七《ごんしち》〟という闇業者と話を詰めていた。

権七は大きな体を折るようにして、必死に値引きをしている。

「ちょいと待ちなよ、権七。これ全てで千両じゃ、あまりにも安すぎる。二束三文の扱いじゃないのかい」

「お嬢さん……いや、二代目熊蔵親分とお呼びした方がよろしいでしょうな」

「皮肉はいいから、商いの話をおし」

と佳代が少し苛《いら》ついた口調で言うのへ、権七が、こっちは危ない橋を渡っているのだから、その分を引いてくれと言った。そして、裏稼業ゆえに、まっとうな値では売り捌くことはできない。だから、安くしろと訴えたのだ。

それを端《はた》で聞いていた『柏屋』の主人・紋三《もんぞう》は、

「調子に乗るなよ、権七。親分の言い値で買わないのならば、おまえとの取り引きはなしだ。とっとと帰るがいいぜ」

と低い声で脅すように言った。権七はちらりと紋三を見やって、しばし睨みつけるような目をしていた。が、紋三の刃のような眼力に臆《おく》したのか、へえと目を伏せて、

「でも、このところ、あっしらにもお上の目が光っているので、下手に動けねえんですよ。品を改めさせて貰ったところ、どう見積もっても二千両がせいぜいで、それでも、こっちが損をするくらいで、へえ」

「そんなことはあるめえ」

と紋三はじっと睨みつけたまま、「きちんとした市場に出りゃ、五千は下らぬ逸品揃いだ。それを〝闇〟を通してでも欲しい奴らは、金に糸目はつけめえ」

「だといいんですがね。このご時世、優雅な御仁は少なくなってやしてね」

「だったら、三千でどうだい」

「…………」

「それがダメなら、他を当たらあ。ねえ、親分。甲州まで運べば、駒ヶ根《こまね》の政吉《まさきち》がいる。奴に任せれば、尾張だろうが大坂だろうが、色々と出向いて捌いてくれるってもんです」

紋三が本気だぞと話を打ち切ろうとすると、権七は渋々、頷いて、

「承知しやしたよ。ですが、半金は売れてからってことにしてくれやせんか」

「そりゃ一向に構わねえよ。約定書さえ残すならな」

闇の取り引きに約定書は〝御法度《ごはっと》〟である。口約束がすべての裏稼業だ。口約束が破られれば、どの道、命を取られるからである。しかし、贓物を扱っている限り、いつ何時、お上から追われる身に転じるハメに陥るか分からない。その時に、物品が流れる筋道を把握しておけば、もしお上に捕まって取り調べられても、逆の言い訳ができるからである。

「へえ、そうござんすよ。〝いかずちの熊蔵〟ともあろうお方が、いつから口約束を信じられなくなったかは知りやせんが、こっちも約定書を貰ってた方が安心だ……事がバレて

も、あっし一人のせいにされなくて済みますからね」

一蓮托生《いちれんたくしょう》だと言いたいのだ。佳代はすぐさま、約定を交わして、子分たちに骨董品を権七の屋敷まで運ばせた。代わりに、茶壺に入れた半金を貰い受けて来るのである。

金さえ入れれば、仲間たちは一旦《いったん》、離ればなれに暮らすことになる。一年か二年、長ければ、三年ほどしてまた集めることになろうが、その間、面白おかしく暮らす分の金は配られることになる。

佳代はとりあえず処分できたので、ほっと安堵し、その夜は『柏屋』で枕を高くして寝ることができた。大暑が近いにも拘《かか》わらず、寝苦しさにも襲われなかった。

六

「まったく……調子に乗りやがってんのは、どっちでえ……小娘めが」

権七は長い手足を持てあますように、夜道を歩きながら、佳代の顔を思い出していた。

後ろからは、佳代の子分たちが六人、大八車を押して来る。高井戸から再び、江戸に向かい内藤新宿の外れにある権七の屋敷まで、あと一町半ばかりになった所に、瀟洒な神社があって、その境内は旅人の水飲み場になっていた。

「おう、みんな疲れたな。ちょいと水でも飲まねえか」

と権七が声をかけると、佳代の子分たちは、それよりも後少しだから早く仕事を切りあげて、酔っ払う水をご馳走《ちそう》になりたいと言った。

「そんなことは承知してるよ。でも、この暑さだし風もねえ。後少しだと油断したが最後、お上にとっ捕まるかもしれねえ。詰めをきっちりするためにも、さ、休みな」

そこまで権七に言われれば、頑《かたく》なに断るのも憚《はばか》られると思って、佳代の子分たちは大八車を止めると、通りから少しだけ入った境内の水飲み場に足を進めた。

竹樋があって、湧《わ》き水が流れ出ている。

手水場《ちょうず》で柄杓《ひしゃく》を手にした途端、佳代の子分たちの周りに、突然、黒い影が十数人、浮かんだ。異変に気づく間もなく、佳代の子分たちは、あっという間に斬り殺された。悲鳴も上げられないほど喉が裂け、心臓を一突きでやられた。

ぞろり現れたのは、権七の子分たちだ。

「ご苦労だったな」

と権七は佳代の子分を一人、足蹴にしてから、「長居は無用だ。モノをうちまで運べ。急ぐんだ」

「へえ！」

子分たちはすばしっこく動いて、十二社《じゅうにそう》権現の側にある屋敷に着いた。紀州熊野《きしゅうくまの》権現を祀《まつ》った古い社である。その目の前に、盗品を扱う輩がいようとは誰も思うまい。まさに神をも恐れぬ所行とはこのことである。

ちょっとした武家屋敷のような冠木《かぶき》門があって、大八車はその中に消えた。荷物を下ろそうと覆い布と縄を解きはじめたときである。

「――大したもんやな、こりゃ」

と門の下から声が起こった。

突然、湧いた声に権七も子分たちも、凝然と驚いて振り返った。

そこには、綸太郎が凜然《りんぜん》と立っていた。

闇の中ゆえ、権七たちからは、はっきりと顔が見えない。が、相手は単身、しかも、役人ではないと見抜いたのか、

「誰でえ、おめえは」

と権七が声をかけると同時、子分たちはずらりと綸太郎を取り囲んだ。

綸太郎は恐れる様子もなく、前に一歩二歩と踏み出しながら数えた。

「ひとり、ふたり……子分が十二人。十二社権現とかけてるつもりなんか？」

「誰だ……」

「馬鹿のひとつ覚えみたいに聞き返すんやない。その大八車には、うちから盗まれたものもあるさかいな。返して貰おうと思うてな」

「……まさか、おまえ」

権七はじっと綸太郎の顔を睨みつけて、何処かで見たことがあると気づいたようだ。

「そうや。『咲花堂』の上条綸太郎や」

「！……」

「おまえが、岩村の権七か。盗品を買い付ける奴やと、小耳には挟んだことがあったが、そういえば、うちの店にも何度か来たことがあるやろ」

「…………」

「それにしても、〝いかずちの熊蔵〟の子分を、あれだけ鮮やかにバッサリやるとは、すごい根性をしとるな。あんなことして、只で済むとは思えんがな。どうやら、二代目は佳代という女になったようやが、子分は諸国に百人は下らずおるぞ。必ず仕返しされるやろな」

綸太郎が腰の小太刀に手を当てながら話すと、権七は鋭く目を向けたまま、

「表の者が、裏のことに口出ししねえ方がいい。おまえの身のためだ」

「裏も表もあるか、ぼけ」

と綸太郎はいつになく、苛立《いらだ》ちを吐露するように下品な言い草になった。

「俺はおどれらのような、性根の腐った奴らが一番、許せへんねん」

「なんだと……」

「大人しく、お上に申し出て、盗んだものは返して、〝いかずちの熊蔵〟の正体までも白日のもとに晒《さら》すのなら、命だけは取らん」

「何を偉そうに……」

「もう一度だけ言う。大人しく、奉行所へお恐れながらと出て、己らがやってきた悪事をぜんぶ白状せえ。熊蔵……いや、佳代の子分たちを斬ったことも含めてな」

「しゃらくせえ！　やっちまえ！」

権七が怒声を発すると、子分たちは長脇差や匕首を構えて、綸太郎を殺そうと斬りかかった。やけくそ剣法みたいなもので、ブンブンと音だけは豪毅だが、空ばかりきっていた。

綸太郎の体は、今そこにいたかと思えば、背後に飛び、しゃがんだかと見れば、間合いを取って離れている。猿《ましら》のような身軽さで、駆けめぐりながら、

——バッサリ。

と綸太郎は〝阿蘇の螢丸〟で権七の子分たちを次々と斬り倒した。もちろん、殺しはし

ない。子供の頃から鍛錬してきた浅山一伝流《あさやまいちでん》の実戦剣術や柔術を駆使して、膝や足首の筋を切り裂き、身動きできないようにしているのだ。

のたうち回る子分たちを尻目に、権七は大きな体にも拘《かか》わらず、鬼気迫る綸太郎の剣捌きに恐れおののいて、逃げようとしていた。追いつめられて屋敷の濡れ縁に腰を打って、膝が崩れたのへ、綸太郎はすうっと間合いを詰めて、その胸元に小太刀の切っ先を突きつけた。

「俺たち上条家が……いや本阿弥家もそうやが、大名並の格式で、名字帯刀を許されてるのは何故だか知っといやすか」

「し、知らねえ……」

「だったら、教えてあげまひょ」

と切っ先をピタリと胸の上にあてがって、綸太郎は続けた。

「刀剣や骨董を不法に扱う者は、大概が裏稼業でやってる。それはとりもなおさず、金が闇に流れて、ならず者や良からぬ事をする一味の銭金になる。それを絶つために……斬り捨て御免ができるのや」

「なッ……」

「俺がおまえを斬ったところで、何も咎められへん。そこにあるのは盗品だけやからな、証も充分にある。どや……」

「ま、待て」

　綸太郎はさらに刃を突きつけて、

「だったら、〃いかずちの熊蔵〃一味……いや、それ以外にも、色々な盗賊一党とおまえは付き合いがあるのやろ？　だからこそ、熊蔵を見限った。闇で蠢《うごめ》いている輩のことをすべて話せ。そしたら、命だけは助けてやる。どうや」

「す、すべては知らねえ……俺だって……」

　権七は喘ぐように喉を露わにして、「底なし沼に広がる贓物を扱う者たちの一人に過ぎねえ。そ、そんな、すべてなんぞ分かるわけがねえじゃねえか」

「知っているだけでもええ。俺が本阿弥家の者やったら、おまえはすぐにバラされとるで。闇の取り引きは、幕府目利き所当家としては見逃せぬ所行やからな」

「本当に、し、知らねえ……」

「そうか。おまえには庇わんとあかん者が何人もおるということか」

　と綸太郎がもはやこれまでと強い口調で詰め寄ったとき、ブンと何かが空を切る音がした。咄嗟にしゃがんで身を小さくした綸太郎のすぐ頭上に唸る音がした次の瞬間、

　――グサリ。

権七の胸に矢が突き抜けていった。声も洩らせぬまま、前のめりに倒れた権七を横目で見ながら、綸太郎は濡れ縁の下に身を潜めると、門から入って来たのは、誰あろう、綾麿であった。

「錦小路綾麿……」

綸太郎が凝視すると、手に小さな弓を抱えた綾麿が不敵な笑みで近づいて来る。

「綸太郎さん。危ないとこでしたな」

「……どういうつもりだ」

「なに、そんな奴、死んだところで、どうでもいいことだ」

「…………」

「何を驚いた顔をしてるんですか」

と含み笑いをしている綾麿は、敵意はないぞと諸手をあげながら、「ご無事でよかったですな。〝いかずちの熊蔵〟こと佳代に近づいたのも、すべては、こういう輩を始末するがため」

「なんやと？」

「あの『鹿島屋』で、旦那を隠し蔵に置いていけと命じたのも私ですよ。奴らが若旦那のことを邪魔だと殺そうとしたのを、助けたのはこの私です。そんな顔をしないで、感謝の言葉くらいかけて下さいな」

　恩着せがましく言う綾麿を訝しげに見やっていた綸太郎だが、何か思い当たる節があって、ハハンと頷いた。

「そうか……おまえが『利休庵』を通じて本阿弥家に近づいてたのは、この特権を得るためか……贓物を得るという……」

「言葉を間違えないで下さい」

「…………」

「私は、盗まれたものを、密かに取り返すのが務めです。もちろん、本阿弥本家の〝お墨付〟を貰ってね」

　と綾麿は自信満々の顔で言い切った。

　元々、世の中にふたつとない名品名刀などは、盗んだり盗まれたりしたものだ。戦国の世の中であってすら、刀剣や茶器が武将の命と引き替えに交換されたこともあるほどである。不思議なことに、人というものは、〝美〟を求めるためなのか、その奥にある〝霊的なもの〟を欲するのか、領地や兵士や武具と同じように〝芸術品〟を奪い合った。

　徳川家康によって、上条家の〝三種の神器〟が奪われたのも、その一環であろう。金で始末がつかないから奪う。〝いかずちの熊蔵〟を馬鹿にするが、その昔には、骨董を盗むことを任務とする忍びがいた。

「それが、おまえだと言うのか……」

綸太郎が綾磨に迫ると、悪びれる様子もなく、

「そうだ。盗まれた物を元の持ち主に返すのが使命だ。だが……」

「だが？」

「中には、徳川家や本阿弥家がどうしても手に入れたいものがあるだろう。それを、見つけ出して、持ち帰るのも、また使命だ」

「つまりは……横取りか」

「だから、言葉を間違えないで欲しいと言ったはずだ。徳川将軍家はいざ知らず、世の中のほとんどの名品は……元は本阿弥家の物だといっても過言ではない。それを取り戻すのが罪かな？」

綾磨の鬼気迫る顔は、まだ明けぬ闇の中で、ぎらぎらと光を帯びていた。

七

その翌早朝、七つ。

佳代は『柏屋』を出て、甲州街道を西に歩き始めた。まだ、子分たちが権七の裏切りにあって殺されたことも、当の権七が綾麿に殺されたことも知らなかった。

ただ、虫の知らせというか、不吉な予感がしたので、まだ暗いうちに旅立ったのである。裏渡世に生きている者の直感であろうか。

しかし、それが無駄なことだったと知るのに時はかからなかった。

調布まで半里に近づいた茶店に、なぜか内海が待ち伏せていた。

「〝いかずちの熊蔵〟だな」

「…………」

佳代は素知らぬ顔をして、やり過ごそうとしたが、その腕を摑まれて立ち止まった。

「放して下さいな」

「俺の顔を知っているであろう。もっとも、こっちは初めてだがな……『鹿島屋』喜兵衛だのなんだの、色々と名を変えて贓物を扱ってたようだが、ここが潮時、いや奈落の底だ。大人しく縛《ばく》につけ」

「何をおっしゃいます。私は、佳代という大坂は天満の……」

「もう嘘はいい。上条綸太郎と……おまえが仲間だと信じて疑わなかった綾麿が、すべて片付けてくれたよ」

「片付けて?」

意味が分からず振り返るのを見て、内海はにんまりと笑って、

「ほらほら。気になっている証だ。もう隠すには及ばねえぞ。よく聞け、佳代とやら」

佳代はそっぽを向いている。

「おまえの子分たち六人はすべて、権七の手の者に殺された」

「!……」

「だから、盗んだものを売った金が入るのを待っても無駄だ。権七はもう、おまえとは縁を切ろうと思っていたんだろうよ。だがな、そいつも、お上の力には敵《かな》わなかったということだ」

佳代はそれでも素知らぬ顔をしていた。何を言われても、反応してはならないと耳を塞《ふさ》いでいるようだった。

「おまえも、親父を継いで、散々、盗みをして来たのだ。捕まれば獄門くらいは覚悟をしているであろう。だが、俺とて、いや……お上だって、無慈悲ではない。もし、贓物にまつわる秘密、知っていることがあれば全て話してはどうだ」

あくまでも無表情で、知らない顔をしている佳代に、内海は淡々と続けた。

「〝いかずちの熊蔵〟……それが、闇の渡世では大きな名だが、その他にも、骨董荒らし

ってのは、〝阿修羅《あしゅら》の徳兵衛《とくべえ》〟〝白波《しらなみ》の伊吉《いきち》〟〝ささくれの半蔵《はんぞう》〟などがいる。いずれも、数十人の手下がいるということだが、ふだんは町人や百姓などとして暮らしてるから、一網打尽にすることができねえ」

「……………」

「おまえたちは、お互い縄張りを荒らさず共存しているというではないか。てことは、顔も素性も知ってるってことだ。そいつらのことを、話してくれれば、獄門だけは勘弁してやろう」

「だから、旦那。私には何のことだか……」

「言い訳無用。どうせ、そいつらは、おまえが仁義を切らなきゃならない奴らじゃないだろうが。その証に、権七はあっさりおまえを裏切るどころか、殺しまでした。所詮《しょせん》は、自分勝手な輩ばかりだ。俺に従って江戸へ戻って、お奉行に全てを話せば、おまえは女だ。しかも……」

と内海は佳代の顎を軽く撫でて、「これほどの器量の女だ。生きてゆく術はいくらでもあると思うがな」

「やめておくれな」

佳代は内海の指を捻《ねじ》るように押しのけて、いい加減にしてくれと突き放した。

「佳代。こっちが優しく言ってるうちに話を聞いた方がいいぞ」

「だから、知りませんて。しつこい旦那ですねえ」

「そうかい。そこまで白を切るなら、ちょいと痛い目に遭って貰うしかねえな。おい」

と内海が声をかけると、茶屋の裏手に隠れていた岡っ引が三人ばかり出て来て、後ずさりする佳代を引き倒して縄を掛けた。

「冗談じゃないわよ、旦那！　私が何をしたってのさ！　やめとくれな！」

往生際が悪い佳代だったが、内海は猿ぐつわも嚙まして、そのまま江戸へ引きずるようにして帰った。

踏ん張ってなかなか進まないから、半日近くかかって、四谷大木戸まで戻って来た。

そこには筆頭同心の藤田と共に、当番与力の阿波野泰蔵も待ち受けていた。

「おう。ご苦労であったな、内海」

と藤田が歓迎するような声をかけた。もちろん、綸太郎が早手回しに報せて来たから、捕らえることができたのだが、与力の阿波野は相変わらず、内海には不機嫌な顔をしたままだった。

「俺の刀と十手を奪ったのは、この〝いかずちの熊蔵〟二代目こと佳代による仕業でした。そして、その刀で殺したのは、どうやら……岩村の権七の子分でした。前々から、ちょいと揉めていたようなのです、贓物の扱いについて」

「そうかい……」

と答えたのは阿波野だった。でっぷりとした腹の前に刀の柄を大きく突き出して、肘《ひじ》をかけていた。

「もちろん、先に神楽坂赤城神社で首吊りに見せかけて殺されたのは、この佳代の子分です。やはり、裏切りがあったようで」

「ほう。情け容赦がないのだな、盗賊一味という奴らは……だとしたら、てめえも情け容赦なくされても、恨みっこなしってことだよなあ」

阿波野は意味ありげな言い草で、佳代を凝視した。それを受けて佳代の方は恐れるどころか、微かに目が笑ったように内海には見えた。

「さあ、来い。大番屋で絞ってやる」

と内海は縄を引いた。大番屋は自身番とは違い、吟味与力も来て、お白州での本調べに入る前に厳しく吟味するのだ。

「後は俺に任せろ」

と阿波野は縄を引き渡せと手を出した。内海は一瞬ためらったが、藤田が頷いたので、言うとおりに従った。

四谷大木戸の近くにある大番屋に入った阿波野に続いて、内海が入ろうとすると、

「貴様は本当はまだ謹慎が解けてないはずだ。今般の仕儀につき、追って沙汰《さた》を申しつけるが、まあよい報せだと思うて、組屋敷にて待っておれ」

と阿波野は端然と言った。内海は承服できかねると反論した。手柄を気にしているのではない。前々から探索していたことの締めくくりとして、自分が最も詳細に知っている自負もあり、佳代を落とす自信もあったからだ。だが、阿波野ははねつけた。

「いや、しかし……」

「しかしもかかしもない。吟味与力の柴田様《しばた》が来る前に、今般の担当であるわしが預かると言うておる。文句があるか」

あまりにも強引なやり方に、藤田も訝《いぶか》しく感じたのか、

「では、私が同行致しましょう」

と声をかけたが、阿波野はそれも拒否をして、

「藤田。大番屋で暢気《のんき》に吟味に立ち会っているときではなかろう。こやつの手下を殺した権七なる者……もっともそいつも死んだらしいが、その子分たちと、諸国に散らばっている〝いかずちの熊蔵〟一味をすぐにでも探し出すがよい」

「その居場所を知るがために、取り調べをしたいのでございます」

「さようか……そこまで言うのなら、一緒に来るがよい」

と佳代を縛った縄を摑んだ阿波野は、

「こらッ、ちゃんとついて来い」

ぐいと引き寄せた。よろりと阿波野の方へ倒れた佳代の耳元に、阿波野は、

「このまま、わしを振り切って逃げよ」

と囁《ささや》いた。

「え……」

佳代は一瞬、疑ったような目になったが、

「この先の路地を左に入った所に駕籠《かご》屋がある。その店の中には抜け道があって、密かに神田川に抜ける小径がある。そこに仲間の屋形船が待っている。急げ」

と早口で言われたので、思わずドンと阿波野を突き飛ばして、一目散に路地に向かって駆け出した。

「あっ！」

思わず追いかけた内海だが、佳代が路地に入った途端、ぎゃあ！　と悲鳴が起こった。

駆け込んで来た内海の目に映ったのは、ばっさりと袈裟懸けに斬られた佳代の無惨な姿だった。

「待て、このやろう！」

内海は路地の先に、薄汚れた着物の浪人者の影をちらりと見たが、逃げ足が速く、姿を見失ってしまった。

「阿波野様……」

険しい目で振り返った内海は、阿波野に悪態をついて責めようとしたが、薄ら笑みを浮かべているのを見て、

——まさか、阿波野様はわざと……。

と思った。

底知れぬ冷え冷えとしたものが、内海を襲った。

八

二代目〝いかずちの熊蔵〟こと佳代が何者かに殺された。ために贓物事件の一切の真相がうやむやになった。その非は取り逃がした阿波野にあるということで、

——自宅にて謹慎。

と相成った。さらに当番からは下ろされ、しばらくして、捕物や吟味とは無縁の諸問屋《しょとんや》

組合再興掛《くみあいさいこうがかり》という、文字通りの役務《えきむ》の与力職を与えられた。

その十日程後のこと――。

綸太郎は盗まれた刀剣や骨董をすべて返却されたと思っていたが、どう探しても、一幅の掛け軸だけが見当たらなかった。

その掛け軸は、浄土真宗《じょうどしんしゅう》の本願寺《ほんがんじ》第八世になった蓮如《れんにょ》が書いたもので、『南無阿弥陀仏』とだけ記されていた。頼むのを助けるというくらいの意味だが、蓮如直筆だけに値打ちのあるものだった。

しかし、巻いて箱に入れておいたのだ。何処かで落としたとは考えられず、明らかに横取りされたと思われた。

「若旦那……えらいことになりましたな」

「ああ。しかし、何処で……」

と考えても、どこで奪われたのか、思い当たる節もないし、想像もできなかった。佳代は『鹿島屋』にあったものと、『咲花堂』にあった書画骨董のすべてを江戸から持ち出そうとした。それらは、権七に引き渡されたが、その屋敷に全てが残っていた。ただ一幅の掛け軸だけがないというのは妙だった。

綸太郎は突き上げるような不安に襲われた。

その掛け軸には、ある秘密があって、徳川家に奪われたままの上条家の〝三種の神器〟のひとつである掛け軸と合わせることによって、信徒とも深い関わりのあった上条家の陰謀が分かる仕組みになっているのだ。

蓮如のずっと後、信長の時代には、顕如《けんにょ》が目指した石山本願寺のような〝極楽浄土〟を、つまり自治都市のようなものを、諸国に作ることが、上条家の夢だった。ゆえに、時の権力者への一揆や反発などを応援したり、あるいは指導したと言われている。

同じ権力に近い立場にあった本阿弥家とは正反対の姿勢である。

その頃の上条家の、いわば〝反権力〟という強い力が、徳川家に向けられるのではないかと、幕閣連中は常々思っていた節がある。それゆえ、上条家を潰すために、

――本阿弥家が掛け軸を奪ったのではないか。

と綸太郎は勘ぐった。

つまり、今般の事件の流れの中で、神楽坂『咲花堂』が、〝いかずちの熊蔵〟に狙われるのは、予《あらかじ》め想定されていて、その騒動の中で、掛け軸を奪うことを仕組んでいたのではないか。そう考えたのだ。

だとすれば、本阿弥家が関わっているとしても不思議ではない。

綸太郎は俄《にわか》に思い立って、本阿弥本家……といっても京ではなく、江戸本家である神田橋門内の屋敷に出向いた。

隣は時の老中、松平定信の屋敷である。

世の中の光を全て吸ってしまうほどの艶やかな黒塀に囲まれて、本阿弥江戸本家の屋敷は堂々と建っていた。大名家のような長屋門に入ると、白砂青松《はくしゃせいしょう》を思わせる庭が続いて、狩野《かのう》派の屏風《びょうぶ》が迎えてくれる玄関があった。

突然、訪ねて来たにも拘わらず、当主の恭悦《きょうえつ》が、茶席を用意して待っていてくれた。作法どおり、躙《にじ》り口から入った綸太郎を、恭悦は高僧のような神々しい笑みで誘い込んでから、

「随分とご無沙汰しておりますな」

と丁寧に頭を下げた。身振り手振りにまったく無駄がなく、身体にも刀剣目利きらしい研ぎ澄まされた筋肉質な雰囲気が漂っていた。悟りを開いた武芸者のような緊張と、人を受け入れない険しさとが混在して、久しぶりに会った綸太郎も精神が昂《たかぶ》っていた。

茶は戦いである。

禅の精神を持ち込んで、茶の湯は社交の場としても利用されたが、ひとつひとつの動きには武道としての意味合いもあり、また腹芸とも言える葛藤との戦いも強要された。侘《わ》び

寂《さ》びとは無縁の、魂の削りあいだった。

一服飲んだ後、綸太郎は素直に尋ねた。

「蓮如の掛け軸をご存じありませんか」

「――ありません」

間髪入れず、恭悦は答えた。その掛け軸がどうしたとか、どういう文字が書かれているのか、表装はどのようなものかとか一切訊かないで、「ありません」と答えた。綸太郎はその一言に、

「なるほど。分かりました」

とだけ答えた。綸太郎は腹の中では、

――やはり、本阿弥家が盗った。

と判断したのである。

「ところで、〝いかずちの熊蔵〟の名は、刀剣目利きなのですから、聞いたことくらいはありまっしゃろ」

「ありません」

「ならば、教えて差し上げましょう」

「結構です」

そう恭悦は答えたが、気にする様子も見せず、綸太郎は続けた。

「刀剣や骨董ばかりを盗む輩でしてな、先日、私もやられました」

「…………」

「もっとも、北町の内海さんや……あなたもご存じの錦小路綾麿のお陰で、すべてが戻って参りました。蓮如の掛け軸のほかは」

「さようですか」

「ですが、そのために大勢の人が死にました……自業自得とはいえ、たかがモノのために人の命が散るのはあまりにも惨《むご》いことや。善人なおもて往生をとぐ、いわんや悪人をや、と親鸞《しんらん》はんも言うてはる。もっとも、悪人とは、殺しや盗みをする者のことやのうて、我々、凡人のことですがな。色々な煩悩を持って生きてる人間のことどす」

恭悦は無表情のままで聞くともなく聞きながら、茶器を片付けていた。

「考えてみれば、二代目〝いかずちの熊蔵〟も哀れな女どした」

「女……」

恭悦は初めて、綸太郎の目を見た。

「はい。そうです。私が上条家に生まれ落ちたのと同じように、その佳代という女は、盗賊の娘に生まれたがために、悪事をするんが当たり前のように育てられました……私は一度しか会っていませんが、無益な殺生はしない矜持《きょうじ》……これを矜持と言ってよいのかどうか分かりまへんが、真面目な盗賊でした」

「………」

「真面目な盗賊ってのも、おかしな話ですけどな、私にはそう思えたのどす。つまり……誰かに操られてたのどすな」

綸太郎は身を乗り出して、淡々と続けた。

「誰とは言いまへん。恐らく、恭悦さんも知ってはるでしょうしな」

「いや、知りません」

とまた、何事もなげに素直に言った。

「知らない？」

「はい」

「本当に？」

「ええ」

「ならば、これも教えてあげましょう。阿波野泰蔵という町方の与力がおります。その人……いや、そいつは〝いかずちの熊蔵〟と通じておりました。まあ、聞いて下さいましな。本阿弥家に色々と間者がおるように、上条家にも……」

綸太郎はギラリと睨みつけて、「ええどすか？　阿波野という男は、町方の動きをすべて盗賊一味に報せていただけではなく、本阿弥家……おたくに逐一、報せていたというのも摑んでおるのですよ」

「何をばかな」

恭悦の表情がわずかに曇った。

「わざと佳代を逃がし、殺させた。万が一、佳代の口から、〝いかずちの熊蔵〟のような骨董狙いの盗賊と本阿弥家……ひいては将軍家がつるんでいることを喋《しゃべ》られては、まずいことになるからや」

「…………」

「何のために、そんなことをしてるか、私にはおよその見当はついてます。本阿弥家が、徳川幕府になる前、いや、足利の世から延々と持ち続けている、ある野望と関わりがあるのと違いますか」

素知らぬ顔をして恭悦は茶碗を丁寧に箱にしまって、火鉢の火も落とした。

「どうどす。あんたが、裏で糸を引いてたんと違いますか。でなければ、本阿弥十二家と呼ばれている、刀剣目利き一家、すべての総意でございますかな」

恭悦は静かに立ち上がると、微笑を口元に戻して、

「何のことか分かりませんが、綸太郎さん、あなたはかなり疲れているようですな。慣れない江戸で、頑張りすぎたから、ありもしないことを思い描くようになったのでしょう」

「俺の夢想だと？」

「盗賊に襲われて、怖い目に遭ったから、そのようなことも考えたのでしょうが、私はあなたと違って、祖先のいざこざなどあまり興味がありませぬ。ましてや、あなたとは親戚筋にあたるのだから、いがみ合ったりするのは嫌です」

「…………」

「つまらない話をするよりも、こうして時々、茶の湯でも楽しみませぬか？　さすれば、もやもやしていた心も少しは晴れましょう。何かに取り憑《つ》かれているのは、綸太郎さん、あなたですよ」

「なるほど。それが、あなたなりの宣戦布告どすな。心得ておきます」

と綸太郎は立ち上がると、深々と礼をして躙り口ではなく、渡り廊下に出て立ち去ろうとした。その茶室を取り囲む竹藪には、数人の手練れの忍びたちが潜んでいるのを、綸太郎は来たときからずっと感じていた。

だが、綸太郎はその者たちには目もくれず、

「あ、そうだ。恭悦さん」

と振り返って、おもむろに付け足した。

「例の刀……へえ、うちに代々、伝わっていて、家康公に奪われた名刀……あれの在処が、ようやく分かったのどす」

「…………」

「手に入れた暁には、あなたにも鑑定してもろうて、ぜひ本阿弥家のお墨付が欲しいので、その折にはよろしゅう頼みます」

毅然と言って、綸太郎は歩き去った。まるで能楽師のようにしずしずと怪しげに。

その翌日——。
与力、阿波野泰蔵の切腹が、町奉行所内に伝えられた。咎人を取り逃がした上に殺されて、左遷されたことで苦悩の末、果てたとのことだった。

第四話　後《ゆり》も逢はむ

一

青簾《あおすだれ》を垂《た》らして風鈴を鳴らし、青い樹木に囲まれた瀟洒《しょうしゃ》で涼しげな家を、古くは〝夏館〟といった。神楽坂の路地という路地に、仄《ほの》かに響き渡る鈴の音《ね》に揺られるように、心地よい風が吹いている。

座敷が引けて、桃路はいつものように酔いに任せて『咲花堂』に向かおうとした。すると、綸太郎にばったり会った。

綸太郎は坂上のさる商家の隠居の庵《いおり》で、骨董の話をしながら一献傾けていたらしい。

「あの名月が私たちを引き合わせてくれたのかしらねえ」

桃路が芝居がかった仕草で、袖に手を添えて空の月を指さすと、綸太郎は笑いをかみ殺しながら、

「違うよ。俺が桃路姐《ねえ》さんを待ち伏せしていたのや」

「ほんと!?」

「嘘や」

「なに、どっちなんですか、もう」

「でもまあ、店に帰っても、峰吉の辛気《しんき》くさい顔が待ってるだけやろうし、あの月に誘われて遠回りしてたのやから、やっぱり桃路が言うとおり、月の縁《えにし》かもな」

「なら、どうです。『蒼月《そうげつ》』でもう一杯……いや、もう一升」

『蒼月』とは京風のおばんざいが作り揃《そろ》えられてる小料理屋で、三日月《みかづき》小路から弓《ゆみ》坂に差し掛かる途中にある。弓坂というくらいだから、弓なりに曲がっている通りで、丁度、弦《つる》の根本に当たる所にその店はあった。

以前は、谷中富士見《やなかふじみ》坂を下りた根津《ねづ》権現《ごんげん》前に店を構えていたらしいのだが、主人夫婦がぶらり散策に来たときこの町が気に入り、色々と空き家や店舗を探して、昨年の暮れに出したばかりだった。

綸太郎も桃路に誘われて数度、通ったことがあるが、店の雰囲気も京の石塀《いしべ》小路あたりと見紛《まご》うような艶《あで》やかな作りで、まさに隠れ家に相応《ふさわ》しかった。その京風の料理は、備前《びぜん》宝楽《ほうらく》流の庖丁人、乾聖四郎《いぬいせいしろう》の舌も唸《うな》らせたという確かなものである。

桃路が先を急ぐように急な円弧で曲がっている坂を下りて来ると、あてにしていた『蒼月』がなぜが閉まっていた。

その代わり、連子窓《れんじまど》風の玄関先には、小さな箱行灯を傍らに置いた辻占《つじうら》な師が、見台の前に腰掛けていた。顔は薄暗くてはっきり見えない。夏だというのに紫の頭巾《ずきん》をしているせいもある。しかし、桃路はちょっとした間があってから、その占い師が誰か分かったようで、懐かしそうに小走りで近づいた。

「邦女様《くにじょ》ではないですか？　丹生《にう》邦女先生！」

辻占い師がふと振り返ると、桃路はあっと立ち止まった。風貌《ふうぼう》は少し似ていたが、やはり頭巾のせいで人間違いをしたようだ。

「あら……どうも済みません。私、てっきり……」

「いいんですよ。私も、それを当て込んで、『蒼月』の御主人に頼んで、ここで出させて貰《もら》ってるんですから。丹生邦女様のような立派な占い師が、こんな所で辻占《つじうら》なんかするもんですか、桃路姐さん」

「そう言えば……」

桃路がもう一度、よく顔を覗《のぞ》き込むと、ちょくちょく『蒼月』に一人で飲みに来ている近くの煎餅《せんべい》屋の下女だった。下女といっても、もう三十路《みそじ》を過ぎている女で、女だてらに煎餅職人に混じって、醬油《しょうゆ》煎餅を焼いている愉快なおばさんだった。

「ああ、『草加《そうか》屋』さんのおひでさん……私、そんな形《なり》してるから、てっきり……でも、あなたが占いできるなんて、思ってもみなかった。だって、いつも煎餅屋の主人や職人さんの悪口ばっかり言ってはクダを巻いてる……」

と言いかけて桃路は口を押さえて、「あら、御免なさい」

「いいんですよ。本当のことだしね」

おひでは幇間《たいこもち》のように、自分の額をポンと叩《たた》いて笑った。

「でも、どうして」

「こんな真似《まね》をって？」

「いくら陽気とはいえ、この路地はちょっと寂《さび》しいんじゃないの。しかも、こんな刻限に。どうせなら、神楽坂の表通りでやればいいのに」

「いいんです。気晴らしですから……桃路姐さん、手相でも見てあげましょうか？」

と虫眼鏡を差し出すと、桃路も少しその気になって、綸太郎との先行きのことを占って貰おうとした。が、綸太郎はなぜか妙に照れて、見て貰おうとしない。

「それより、桃路。丹生邦女ってのは、今、江戸で大流行のあの？」

「ええ。邦女さんも、丁度、ここでやっていたんですよ、ほんの五年くらい前までは」

「そうなんや」

「今でこそ、江戸で、いいえ日の本で随一の占い師として、その名を馳《は》せてるけどね、元々は『蒼月』の前にあった『みちくさ』という店の酌婦だったんですよ」

「酌婦……」

「客あしらいは一流でしたねえ。人の心を読む才覚があるのかしらね。それとも、生まれもって、人の運命《さだめ》が分かる神様みたいな人だったのか」

「てことは、結構、当たってたということか。邦女が言うことが」

「そりゃもう。私だって、結構……なんでそんなに当たる女が、こんな路地裏で燻《くすぶ》ってるんだって、町内の男衆はからかってましたけどね、そう言われるたびに、邦女さんは『ここにいるのは仮の姿。いつか、上様のお側に仕えるから、びっくりしないように』って常々言ってたんだ。それが本当になってしまったから、本当に驚き桃の木で……ねえ」

と桃路はなんだか自分のことのように嬉《うれ》しそうに、おひでに振った。おひでも同意して、自分もあやかりたいと繰り返していたが、綸太郎は少し暗い顔になった。

「どうしたの、若旦那？」

桃路が首を傾《かし》げて、顔を覗き込むと、

「いや……実は、その邦女という占い師に、色々と鑑定を頼まれててな。一度、屋敷に来てくれと言われてんのや」

と綸太郎は両肩を落とした。が、桃路はもの凄く羨《うらや》ましがって、

「ほんと!? 行く行く、私も一緒に行く」

「それが乗り気やないのや、あまり」

「どうしてよ。きっと褒美《ほうび》もたんまり出るわよ。それこそ上様の占いをして、元禄《げんろく》の紀伊《きの》国屋文左衛門《くにやぶんざえもん》のような身代になってたんだから」

「だから嫌なんや……」

幕府目利きの本阿弥家が、取るに足らぬと放り出した仕事である。その尻ぬぐいも嫌だが、金に物を言わせて買った書画骨董を、二束三文と宣告したら、自分が怨《うら》まれるのではないかとすら思っているのだ。

「あら、若旦那。邦女さんは、占い師であって霊媒師じゃないんだから、呪《のろ》い殺されたりしませんよ。大丈夫、あの人の昔なら、私がよく知ってるから。ほんとよ、『おばちゃん』『桃ちゃん』って呼ぶ仲だったんだから」

「ほんまかよ」

「ほんとほんと。それに、ひょっとしたら、若旦那が探してるという上条家の〝三種の神器〟の在処《ありか》とやらも、きちんと教えてくれるかもよ。さ、行こう行こう」

と桃路は勝手に盛り上がり、辻占をしていたおひでも、羨ましそうな目で見つめていた。

だが、そのことが、またぞろ綸太郎を厄介《やっかい》なゴタゴタに巻き込むのであった。

二

丹生邦女の屋敷は、あまりにも豪勢過ぎて、人を寄せ付けない怪しさがあった。

なんと、大和法隆寺《ほうりゅうじ》の五重塔を真似た、三重塔の形をしているのが母屋で、二千坪を超える敷地の中に、『夢殿』とか『木偶坊』などと名付けた幾つかの別棟を建てて、廊下を繋《つな》ぎ、回遊式の庭を見渡せるようにしてある。池には時に、大瑠璃《おおるり》や翡翠《かわせみ》などが飛んで来て、軽やかな声を聞かせることもあるという。

ここは江戸市中ではない。町場は細かく軒《のき》の高さなどが決まっているので、府外に建てるしかなかった。向島《むこうじま》の新梅《しんうめ》屋敷の近くである。さすがに、希代の骨董商が作ったその庭園には敵わないが、建物だけならば、ちょっとした寺社よりも立派であった。

母屋というよりも、本殿というに相応しかった。

三方に広がる障子戸は全《すべ》て開かれており、日向《ひなた》は汗ばむのに、屋敷内は隅田川からの風がひんやりとしていて過ごしやすかった。

邦女が自分の〝守護神〟と崇《あが》めている弥勒菩薩《みろくぼさつ》が鎮座しており、豪勢な香華を手向《たむ》けている。馥郁《ふくいく》とした線香の匂いが天井から床まで染みついていた。

奥の庫裡《くり》から現れた邦女は、上品な笑みを湛《たた》えており、少し内股《うちまた》気味の落ち着いた足取りで、弥勒菩薩の前に座って、

「遠路、ご苦労様でした。前々から、『咲花堂』の上条綸太郎さんには一度、お目にかかりたかったのです」

と頭を下げようとして、桃路も一緒にいることに気づいた。

桃路は気さくな感じでにっこり微笑《ほほえ》んで、

「おばちゃん！」

そう声をかけたが、邦女の方は思わぬ来訪者に驚いた目になったが、あら、と僅《わず》かに微笑み返しただけで、特に感慨深そうではなく、むしろ迷惑そうな顔になった。

「どうしたのよ、おばちゃん。私、桃路。分かるでしょ？」

「もちろん。お元気そうでなにより。上条綸太郎さんとお知り合いなのですか」

慇懃無礼《いんぎんぶれい》な話しぶりに、桃路は少し気分を害したようだが、そこは芸者だからツッはない。

「知り合いどころか、おばちゃん。もしかしたら、一緒になるかもしれないの。二人が添い遂げて幸せになれるかどうか、占って貰おうと思ってさ。ね、若旦那」

「そうねえ……」

二人をしばし見比べてから、

「およしになった方がよくってよ。お互い強すぎるのよ、持っている力が。干支《えと》や二十《にじゆう》八宿《はつしゆく》などから見て、あまりよくないわね」

「うそ」

バツが悪そうに綸太郎を振り返った桃路に追い打ちをかけるように、

「桃路さん。あんたもそろそろ引き際かもしれないわよ」

「え？」

「この綸太郎さんは女を幸せにはしません。あてにしてても無理。本当はあなたを引きたい人が何人かいるはず。その人の方を大切にしなさい」

と邦女はキッパリと言った。

桃路にも心当たりはなきにしもあらずだ。料亭松嶋屋の御主人から、何人かの若旦那を紹介されて、真剣に嫁にしたいとの申し出を受けている。特に『美吉屋《みよし》』という菓子問屋の息子は、三日にあげず、座敷に呼ぶ入れあげようだ。

「上条さん……綸太郎さんと呼んでいいかしら」

邦女はそう人なつっこそうに尋ねたものの了解は得ないまま、「綸太郎さんでいいわよねえ。桃路さんを泣かせてはいけませんよ。男らしく切ってあげなさい」

「なんだか。俺のことも色々と知っている口ぶりどすな」

「本阿弥家の人たちが、毎日のように噂《うわさ》をしておりましたから、楽しみで楽しみで。本当に、よく来てくれました」

と邦女は薄い唇を横に伸ばして微笑んだ。

「本阿弥家が……噂といっても、よからぬことばかりでしょう」

「そんなことはありませんよ。あなたは当代、希《まれ》な眼力、鑑識眼の持ち主だと心の底から言っておいでですよ」

「まあ、半分くらい聞いておきまひょ」

と綸太郎は当たり障《さわ》りのない笑みを返した。

「で、今日、お招きしたのは……」

邦女はゆっくり立ち上がると、手招きするように、本堂裏に通じている渡り廊下に綸太郎を連れて行った。

竹の手摺《てす》りが長く伸びていて、廊下の下には小川のように水が流れており、様々な色や形をした金魚が泳いでいる。一見、不気味な場所だったが、邦女は備え付けの餌《えさ》をパラリと落としながら、

「こうしている時が一番、落ち着くのです」

と素直な声で言ったが、それはほんの一瞬のことだった。

奥の〝裏堂《うらどう》〟と呼ばれる倉庫に入ると、そこには、まるで骨董屋のように数々の茶器や壺、書画、掛け軸などが、ぎっしりと置かれていた。まさに、貯《たくわ》えられているという感じだ。

寺のような本堂は清楚《せいそ》な感じだったが、蔵はいかにも成金趣味であって、他人が見て決して心地よいものではなかった。

骨董というものは、これぞというものをひとつかふたつ、さりげなく部屋の片隅に置くのが品がよい。身につける飾り物にしても、あまり目に見えない所に金を掛けている方が、その人の生きる姿勢が見える。それでも綸太郎は、

「なかなか立派なものばかりですなあ」

と世辞ではなく、半ば皮肉を込めて吐息を吐いたが、邦女の方は素直に喜んで、

「でございましょ？　でも、鑑定書が何一つないのです。もちろん残されているのもありますが、大概はこれ、貰いものでしてね、大名や旗本、御用商人などからの」

「占いの褒美ですか」

「そういうところです。もちろん、所定の見料は頂いておりますが、まさかひとつの占いをするのに、何十両もふんだくるわけにはいかないでしょ？　それは相手も承知してい

る。だから、壺に別に金を入れたり、値打ちものだからといって掛け軸をくれたりするのですが、骨董となるとトンと分かりませんでね」

綸太郎にきちんと鑑定して貰いたいというのだ。

「きちんと、という意味はお分かりですよね」

「どういうことですか？」

「『咲花堂』さんの添え状があれば、高く売ることもできる。私、はっきり言って、こういったモノにはあまり心動かされないんですよ」

「ずばり、金ですか」

「嫌な言い方をなさいますね。そうではありません。私は、見えないモノを信じているのです。形有るものは必ずなくなりますからね」

「諸行無常ですかな？」

「はい……」

「それにしては、私の添え状が欲しいなどと、言っていることと矛盾を感じますが」

「それもまた人間ではありませんか……というのは、恋とか愛というものも、目には見えませんよね。だからこそ、言葉でも態度でもいい。証《あかし》が欲しくなるものでしょう」

邦女はさりげなく、「……私にも、遠い昔に恋いこがれていた人がいましてね……何年も待ち続けたけれど、添い遂げられなく……信じ切れなかった自分を情けなく思い、相手を怨み……」

「………」

「あら、いやですこと、私としたことが……綸太郎さんだから、こんなことを言ったのかしらね。とにかく……人は思うようには生きられず、されど、思いも寄らぬ生き方にも出会える」

と邦女は酌婦をしていただけに、まるで酔客をあしらうような妖艶《ようえん》な笑顔になって、桃路がいるのを忘れたかのように、女っぽい目つきで見つめてきた。

——なるほど、この瞳に吸い寄せられて、占いを受けた者は、こっくりと信じ込んでしまうのかもしれへんな。

綸太郎はそう思った。

「添え状のこともありますが……実は、肝心な頼みというのは、これなんです」

と邦女は、丁寧に錦繍《きんしゅう》の鞘袋に包んでいた一本の刀剣を取り出して見せた。

見事な漆《うるし》を塗り込んだエイの皮を巻かれた鞘を見ただけで、かなりの上物だと分かった。鍔《つば》にも金銀の複雑な細工がされている。

その刀を見たとき、綸太郎は邦女という女が、何か大きな秘密を抱いているのではないかと感じた。占い師をしているのは、その秘密を隠すために違いないと思えた。

「なかなかのものですな」

「そうなのですか？」

「これを頼みたいわけとは」

「……ある藩主に、財政難なので、家宝であるこの刀でなんとか占って欲しいと頼まれたのです。藩の行く末を」

「藩の行く末を？」

「はい。どうしたら、よりよくなるか、占ってくれというのです」

邦女はただ現状や過去について述べるのではなく、先々どうしたらよいか助言をし、その通りにすると道が開けるというので、政《まつりごと》に携わる者や商人から相談されることが多かったのである。

為政者はハリボテの舞台で芝居をしているのではなく、生身の人間を相手にしているはずである。にもかかわらず、自分の考えや意志を通すのではなく、占いという〝神頼み〟をすることが、綸太郎にはどうも腑《ふ》に落ちなかった。無責任にすら感じられた。

だが、邦女は言う。為政者であろうと一人の人間であるから、何かに縋《すが》らなくてはならないときがある。殊に、信頼しているはずの側近らの言動に疑いを抱いたりしたときは、自ら判断することができなくなる。だから、人智を超えたものに命運を委《ゆだ》ねるのである、と。

「そんな藩主に支配された領民の方がたまりまへんな」

と綸太郎が呆《あき》れると、邦女は首を横に振って、

「さほどに人とは弱い生き物なのです。特に心の中は脆《もろ》く、茶碗や壺などの方がよっぽど丈夫にできてます」

「しかし、邦女さん。この刀を鑑定する意味はなんどすか？　安物ならそれなりに、天下の逸品ならば、丁寧に答えるということですか？　もし、そうなら、おかしなことや。報酬の多寡《たか》に関わりなく、占いというものは、きちんと正しく見るものと違いますか」

「その通りです」

「だったら、刀の鑑定なんぞ不要ではありませんか。あなたが見えるがままの、藩の行く末を占ってあげたらよろしい」

「うふふ」

と邦女は実におかしそうに笑った。

「間違ってますかな、俺の言うことが」

「そうではありません。あなたがそう答えるのも分かっていたからです」

綸太郎は少し不快に感じた。常に自分を優位に置いておこうという邦女の心の裡《うち》が見えだからである。占いで荒稼ぎをして、高価な骨董を漁《あさ》っている。その俗っぽい姿を目《ま》の当たりにして、嫌悪感すら抱いていた。しかし、その綸太郎の気持ちをも察したように、

「そんなに嫌わなくてもいいでしょ？　でも、この刀が藩の命運を背負っているというのも事実なのです。ですから、それに値する家宝かどうか……その大名の家宝なんですよ。それを捨ててまで、藩の行く末に迷っている藩主は、可愛らしいと思いませんか？」

と邦女は言って、またくすりと笑ってから、「真実はひとつなのです。でも、鰯《いわし》の頭も信心から……というのも、また事実。私は、その家宝の値打ちで、この先の藩の行く末を占ってみたいと思うのです」

「家宝の値打ちによってな……」

「はい。でも、肝心の刀剣目利きが私にはできない。ですから、綸太郎さんにお願いしたいと思ったのです」

綸太郎はそんなはずはないと思った。将軍を占う人物が、本阿弥家に見せていないはずがない。

——何かの罠《わな》かもしれへんな。

と権力中枢が絡んでいるから、尚更、疑ってしまった。だが、さりげなく鞘から抜いた本身を見たときに、綸太郎の決意が固まった。その刀剣は白銀ではなく、真鍮《しんちゅう》のような……いや黄金に近い輝きをしていたからである。

「これは、もしや……」

金色《こんじき》の刀身なんぞ、成金の金箔《きんぱく》で固めた刀以外では見たことがない。もちろん本身は金でできているはずはない。鉄である。しかし、金色に輝く珍しい刀を見て、綸太郎はあることを思い出していた。だからこそ、

「承知しました。ゆっくり拝見いたしまひょ」

と首を縦に振ったのだった。

三

どのくらい一人でいたであろうか。

金色の刀を持って、陽の光だけが差し込む、中庭に面した部屋で、綸太郎はじっと鑑定をしていた。刀に向かっているときは、座禅と同じように無心にならなくてはならない。空にするのである。己《おのれ》と向き合わねば、真実が見えてこない。

　暑気がぼんやりと淀《よど》んでいるから、じっと黄金色の刀身を見ていると、思いがけず吸い込まれそうな気になる。棟の線が外側に向かう外反《そ》りは、〃なめらかに、速く、強く〃斬るための匠《たくみ》の技である。刃の稜線《りようせん》は、つまり尖《とが》り具合は小さいほど切れ味が鋭く、相手との接地面が少なくて斬り易い。

　刀の姿の美しさもさることながら、人を斬る道具でありながら、他に変えようがない美の究極の形状に、綸太郎はしばし時を忘れていた。

「――やはり、これは……鬼丸国綱《おにまるくにつな》か」

　と綸太郎は喉の奥で呟《つぶや》いた。

　この異端ともいえる刀は、名将新田義貞《にったよしさだ》が、鬼切安綱《やすつな》とともに持っていたものだ。金の鬼丸、銀の鬼切――と呼ばれて、この二刀が揃ってこそ、世を治めることが叶うと信じられていた。

　しかし、源氏の勇将だった新田義貞は、王朝の忠臣として活躍していたが、同じ源氏である守護職・斯波高経《しばたかつね》との戦に敗れ、自らの首を刎《は》ねるために使ったのが、鬼切安綱と言われている。

　斯波高経の家臣が鬼切安綱を見つけたときに、首のない新田義貞の亡骸《なきがら》は、この刀を握り締めながら離さなかったという。だから、手首ごと切り落として奪ったと伝えられている。その折、戦場《いくさば》に落ちていたもう一本の名刀、鬼丸国綱も雑兵によって、斯波高経のもとに届けられた。

それによって、天下は斯波高経が忠誠を尽くしている足利尊氏《あしかがたかうじ》に傾いた。しかし、高経は、尊氏がその両刀を欲したにも拘《かか》わらず、新田義貞を葬った寺に奉納していたが火事で焼けてしまったと嘘をついてまで、自分のもとに置いていた。

鬼丸と鬼切は、鎌倉《かまくら》幕府の執権北条《しっけんほうじょう》氏に伝わっていた宝刀である。足利尊氏と新田義貞が戦を始めたのも、この両刀の奪い合いからだという説があるほどの因縁がある。

斯波高経も自分がたまさか手に入れた宝刀の魅力に惑わされ、尊氏への忠誠心すら捨ててしまい、とうとう反旗を翻《ひるがえ》して、尊氏の弟の直義《ただよし》へ鞍《くら》替えした。だが、戦に負けてしまって、命を落としそうになると、

「おまえが隠し持っている、鬼丸、鬼切を渡すならば、命だけは助けてやる」

と尊氏に迫られた斯波高経は、やむを得ず譲った。すると尊氏は大いに喜んで、謀反をしたことは水に流し、三管領《さんかんれい》という足利幕府の重鎮として高経を迎えたのである。

「……それほどに、刀というものは、人の心を支配するものなのか」

綸太郎は改めて、自分の身も吸い寄せそうな金色の刀身を、まるで憧《あこが》れの高貴な人を崇めるかのように凝視していた。

金の鬼丸、銀の鬼切は文字通り、刀身が金銀に輝いているからそう呼ばれているのである。

いずれも〝真砂《まさ》〟と呼ばれる砂鉄を集めて作られた玉鋼《たまはがね》を打って出来た刀であることは言うまでもないが、珪素《けいそ》やマンガン、硫黄《いおう》などの不純物を取り除かねば強い刀にはならない。その不純物が取れた度合い、焼き加減、打ち方などで刀身の色合いが変わるのだ。砂鉄のことを、そのむかしは、〝こがね〟と呼んでいた。まさに、黄金ではないか。綸太郎は改めて、古人の知恵と技に感服していた。

それにしても、金色に輝く刀身は非常に珍しい。宝刀に相応しいし、この金銀が並ぶことで、誰もが畏敬《いけい》の念すら抱いたであろうが、その一方で政争の具にされていたのも事実だ。

このような宝刀を、家宝として持っていた藩のことが、綸太郎は改めて気になったのと、もう一太刀の〝鬼切安綱〟の行方も知りたくなった。

「如何《いかが》でございましょうか」

中庭に面している廊下から、邦女の声がした。

はっと我に返った綸太郎は手招きして、邦女を近づかせると、厳《おごそ》かな気分のままで、〝鬼丸国綱〟を鞘に戻して、

「この名刀を持っていた大名というのは、誰なのです？」

「それは……」

言いかねて淀んだ口調になった邦女に、綸太郎は話せない理由でもあるのかと問い質《ただ》したが、曖昧《あいまい》にしか答えなかった。

占いを生業《なりわい》にしているものが中途半端な物腰であることや、人に依頼をしていて、その訳も知らせないとは無礼ではないかと声を強くしたが、その綸太郎もまた、〝鬼丸〟を握ったがゆえに、心の平穏が乱れたのかもしれないと思った。

邦女はしばらく考えていたが、

「どこの大名家かと話せば、ひとつは迷惑がかかると思ったからです。それと、もうひとつの理由は、占いに予断が生じてはいけないからです。つまり……その大名家について、人から余計な知識を入れられると、純粋に素朴に占うことが叶いませんから」

「なるほど。そこまで言うなら、あえて聞きまへん。そやけど、気になることがあるので、ひとつだけ言うておきまひょ」

と綸太郎は少しだけ勿体《もったい》つけるような顔になって、「この刀は、〝鬼丸国綱〟という、北条氏から足利氏に伝わった名刀の一差しです。間違いありまへん。この世の中に一本しかない、見事な名刀です。しかし、これと対になっている、もう一差しの〝鬼切安綱〟という刀があるはずなのですが、それと揃わなければ、御家の隆盛は叶いませんやろ」

「御家の……」

「その大名が対となる一差しを持っているのか、それとも、他家にあるのかによって、その大名の命運も変わるということです。下手をすれば、新田義貞と足利尊氏のような戦になるかもしれへんしな」

小難しい表情になって綸太郎は吐露したが、邦女は古《いにしえ》の刀の由来のことにはあまり関心を示さずに、

「では、本物なのですね。値打ちのあるものなのですね」

と念を押して聞いた。綸太郎はそのことについては素直に頷《うなず》いた。すると、邦女は安心しきったのか、

「ありがとうございました。これは、ほんの御礼でございます」

と鑑定料として、百両、差し出した。見料としてはいささか高価ではあったが、モノと相手によっては、百両や二百両は受け取ることがある。しかし、値をつけたわけではない。邦女もこの刀を売る気があるわけではない。真贋《しんがん》を確かめただけだから、

「法外な報酬は断ることにしてますので」

そう断った綸太郎は、切餅小判から、二枚だけ貰って、しめやかな態度で立ち上がっ

た。埃《ほこり》を立てぬ足捌《さば》きに、邦女はなぜか妙に感心して、

「やはり、噂どおりのお人です」

と熱い眼差しを送ってから、「どうですか。もう少し、おつきあい下さいませぬか。桃路さんも一緒なのですから、御礼に占いでもして差し上げますよ」

「いや、遠慮しておきまひょ。俺はなるべく権力の匂いのする人には近づかぬことにしているのでな」

「そんなことをおっしゃらず。軽く食事でもしながら、もう一本の刀についてでも話そうじゃありませんか」

まるで、その在処《ありか》を知っていそうな素振りを見せた邦女を、綸太郎はちらりと見やった。邦女はすでに四十半ばになっているはずだが、その艶やかで張りのある肌と若い頃はさぞや男を泣かしたであろう微笑で、

「私ももう少し、綸太郎さんのことを知りたくなりましたし」

「おや？　占いで分かってるんじゃないのどすか」

「そんな意地悪なこと言わないで、さあ……」

邦女は手招きをして、中庭をぐるりと回遊しながら、さらに奥の庫裡に来た。そこが三重塔になっており、なだらかな階段を登ると、三層に至る。

「──ほう」

綸太郎は思わず溜《た》め息をついた。そこからは、遙《はる》か秩父《ちちぶ》の峰々から沃野《よくや》を流れて来る荒《あら》川、そして隅田川から江戸へと広がる情景が一望できるのだ。

「贅沢《ぜいたく》な眺めですな」

「でしょ？　あの向こうにあるのです」

と邦女は遙か遠くに見える武骨な山々の峰を指した。

「え？」

「武州岡部藩《ぶしゅうおかべ》……その城主が、あの刀を家宝として持っていたのです」

綸太郎には信じられなかった。わずか二万石の小大名が、どうして〝鬼丸国綱〟のような名刀を持ち得たのか、不思議でしかたがなかった。

遙か遠くの峰々はやがてしぐれたように見えなくなってきた。

四

それから三日後の夕暮れのことである。

神楽坂『咲花堂』に、錦小路綾麿が訪ねて来た。手には重そうな菓子折を、風呂敷に包んで持っている。

この男が来るとなんとのう面倒が起きそうやと思っていた綸太郎は、大した用でないのならば、さっさと話を済ませたかったが、

「これでお願いします」

と唐突な言い草で、菓子折を開けた。白木の箱の中には小判がぎっしり詰め込まれていた。五百両あるという。

「綾麿はん。お願いしますとは、また何の話かいな」

「単刀直入に参りましょう。〝鬼丸国綱〟を譲って貰《もら》いたい」

「鬼丸……を？」

「私が欲しいのではありません。さるやんごとなき御仁《ごじん》に頼まれたのです」

「やんごとなき、な」

「後五百両払うと申されております。しめて千両。悪くないでしょう」

綸太郎は訝《いぶか》しげに見やって、何とも答えず黙っていた。

「そんな顔をせずとも、あなたと私の仲ではありませんか」

「別にあんたはんとは親しくもなんともありまへんが」

「ま、そう言わず。女占い師の丹生邦女から、〝鬼丸国綱〟を預かっているということは、

既《すで》に調べがついております」

その名刀を預かっているのは、刀自身が持っている霊気が、占い師が見ても気味悪いものであって、己が身にも災いを起こしそうだからと、邦女が綸太郎に委《ゆだ》ねたのだった。

綸太郎も刀に限らず、ものには人の霊魂が宿るということを信じて疑わない。本阿弥家や上条家にとって、ただ刀の姿形や出来具合を鑑定するのが本来の仕事ではない。刀の芯《しん》に眠る、あるいは全体に漂う霊気を鎮撫《ちんぶ》することである。

「悪いけどな、綾麿さん。あんたには鬼丸を扱うのは無理や」

「え、どういうことです」

「持った途端に、恐らく、あんたの身に災いが及ぶやろう。思いもつかぬような」

「その心配はご無用。これでも本阿弥本家にて、それなりに修行をしてるのだ」

「修行して身につくものとは違います。人智を超えたものが、この世の中にはありますさかいな。ま、あんたには分からないかもしれまへんが、やめといた方がよろしい」

と毅然《きぜん》と綸太郎は言ってから、菓子折を押し返した。

「ところで……鬼丸を欲しがってるやんごとなき御仁とは、一体誰でございますかな」

「それは言えませんな」

「なぜです。何なら、私が直にお届けしても構わない。もちろん、邦女さんに許しを得てからな。鬼丸は、邦女さんのものだから、金も当然、邦女さんに支払われるべきものや。どうなのです、誰どすか、これを欲しがっている御仁とやらは」

綾麿はそれは言えぬと繰り返してから、五百両をもう一度、差し出して土下座をした。

「お願いだ、綸太郎さん。これを私から、その御仁の手に渡せば、私の顔が立つ。目利きとしても、骨董商としても箔《はく》がつくのです。私は……私は……〝この世〟で、きちんと生き直したいのです」

〝別の世〟から来たことを承知している綸太郎だが、生まれ変わるとはいっても、内面が変わらない限り、新しい人生を作るというのはどだい無理な話である。要は気構えである。〝別の世〟でそうであったように、ならず者根性は同じだ。そんな人間に、つまり己に偽っている者に、刀剣目利きが務まるわけがない。綸太郎は遠回しにそう諭《さと》したが、綾麿は悔《くや》しそうに唇を結んでいるだけだった。

「若旦那……そこまで頼んでんやから……」

二階から降りて来た峰吉が、五百両の入った菓子折を見て、「お譲りしてもかまへんのと違いますか？」

「余計な口を挟むな」

「そやかて、邦女さんかて、その刀はいらんと言うてはんのでしょ？　武州岡部藩から貰った刀より、金の方が欲しいちゅうのやから、さっさと金に換えて渡してあげたらよろしい。うちが、その一分か二分を取り分に戴《いただ》いてですなあ」

「峰吉……つまらぬことを言うな」

「でも、若旦那」

「黙れ。おまえの欲ボケには辟易《へきえき》するわい」

と綸太郎が小馬鹿にしたように言ったものだから、峰吉はふんと腹を立てて、表に出て行ってしまった。いつになく本気で怒ったような態度が、綸太郎は少し気になったが、

「悪いが、綾麿さん。お引き取り下さい。あんたのためを思うてや。鬼丸は扱いきれませんやろ。それとも……」

綸太郎は探りを入れるような目になって、「〝鬼切安綱〟の方の在処も知っている、とでも言うのですかな？」

「あ、いや……」

微《かす》かに目が泳いだのを、綸太郎は見逃さなかった。

「おまえさんは、上条家の〝三種の神器〟の茶器の在処を知ってるだの なんだのと私に言い寄って来たこともあるが、すべては出鱈目《でたらめ》だった」

「いや、それはですな……」

言い訳をしそうになったが、無駄だと思ったのか、綾麿は押し黙った。

「それに、俺も〝別の世〟の俺から、我が上条家の家宝の在処を教えられたのだが、〝この世〟とはまた違った流れになっておって、探し出すことはでけてへん」

「…………」

「人の世というものは面白いものや。我が思うようにならんが、考えもつかぬ楽しいこともまた起きる。たとえば、鬼丸……これを拝《おが》めるなんぞ、思ってもなかったしな」

綸太郎は頑《かたく》なに拒《こば》むように菓子折を持たせて、綾麿を追い返した。

「──なにを偉そうにしくさって」

憤懣《ふんまん》やるかたない怒りで神楽坂を下っていた綾麿に、先程、店を飛び出していった峰吉が声をかけた。

「ああ、番頭さんか」

「その五百両。私にくれますか」

「ん？」

「そんなに欲しいものなら、私が盗《と》って来てあげますわい」

綾麿の目が一瞬にして燦《きら》めいて、

「できるのか、そんなことが」

「はい。これでも『咲花堂』の番頭です。本店の主人、綸太郎さんの父親からは、絶大な信頼を得ておりますからね。きちんと話の筋さえ通せば、分かってくれはります」

「たしかなのか」

「そりゃもう……大体が、私はあの刀は嫌いどす。実は……」

と峰吉は、昨夜やその前の晩、綸太郎が鬼丸を眺めていたときに、明らかに異常な様子になっていたのを目の当たりにしたのだ。その態度は、まさに鬼気迫るもので、金色の刀身からは淡い湯気みたいなものが出ていて、それが綸太郎を包み込んでいたという。

「あれは、やはり霊気ですな。恐らく、あの刀を手にしながら、天下を取れなかった者たち、あるいは、あの刀にかかって死んだ者たち、さらには天下は取ったものの、目に見えぬ何かに支配されていた足利一族の怨念《おんねん》のようなものが渦巻いていたんどす」

話している峰吉こそ常軌を逸しているように目を吊《つ》り上げていたが、鬼丸によって、人の心が惑わされているのは事実のようだった。

「ですから、あんな刀が『咲花堂』に置かれていては、思いもつかぬ災いに襲われそうで、私は悩んでいたのどす。このままでは、若旦那もダメになる。そやから……」

「分かりました。悪いようにはしません。では……」

神楽坂穴八幡稲荷の裏手に神村《かみむら》という鉄砲組の組頭の屋敷がある。今夜、そこに持って来てくれと、綾麿は頼んで、一旦《いったん》、別れた。

その後ろ姿を見送りながら、峰吉は呟いていた。

「ええんや、これで……あんな刀にかかずりあってはあかん……『咲花堂』のためや、上条家のためなんや」

五

綸太郎が神楽坂の旦那衆の寄合に出かけてから、峰吉は二階の刀櫃《かたなびつ》に納められている〝鬼丸国綱〟をそっと摑《つか》んだ。途端、ビリビリッと痺《しび》れが走った。

——えらく重いな。

と感じたが、峰吉は渾身《こんしん》の力で持ち上げて、運び出した。

「昔の武将ちゅうのは、人の重さくらいある鎧《よろい》を身につけた上で、さらにこんなどっしりとした刀剣を振り回してたんか。おそろしく力持ちやったんやなあ」

妙に感心しながら、裏手から竹藪《たけやぶ》を抜けて裏路地に出た。玄関から出ると、誰かに見られるかもしれないし、気まぐれな綸太郎のことだから、ふいに帰って来るかもしれないからだ。

いつまでたっても慣れないのが、入り組んだ路地だった。迷い込む心地よさに誘われるのは心の余裕があるときだけで、疚《やま》しいことをしていたり、気持ちが焦っているときにはもどかしいだけであった。

神村の屋敷に来たときには、既に玄関先で、綾麿が待っていた。

「よくぞ来てくれました」

と綾麿は万感の思いを露わにして、峰吉から〝鬼丸国綱〟を引き取ると、菓子折を渡した。

もちろん、峰吉はそれを着服するつもりなどはない。改めて、邦女に渡すつもりである。

鉄砲組は別に鉄砲だけを扱うのではない。弓や刀剣、槍、そして大砲など幕府の武具を扱う職種であり、江戸城内の櫓《やぐら》に詰めて、いざ戦ということになれば、先兵隊として闘う義務を背負っていた。もちろん泰平の世にあっては、もっぱら武器管理という事務方のような仕事が多かったが、決して気の緩《ゆる》めることの出来ない仕事であった。

その鉄砲組組頭が、名刀を引き受けるのだから、

――鬼丸を欲しているやんごとなき人。

とは将軍様かと峰吉は勘ぐったが、言葉には出さないでいた。

「ご苦労だった」

玄関の奥で、蠟燭《ろうそく》灯りだけで、ちらりと顔を見せた神村は、峰吉に礼を言った。

「では、これにて、よしなにな」


その夜は、何事もなく過ごした。

遅くなって、綸太郎が帰宅した物音がしていたが、峰吉はなぜか睡魔から逃れることができず、布団に張りついたように寝ていた。

異変はその翌朝、起こった。

穴八幡稲荷の境内で、神村の惨殺死体が見つかったのだ。

明け方、犬を連れて散歩をしていた近くの小間物屋の隠居が見つけたのだ。たまたま神楽坂下の自身番に立ち寄っていた内海弦三郎が、番人や岡っ引らを引き連れて駆けつけた。

その内海が、『咲花堂』の表門を叩《たた》いたのは、検死をしてからわずか四半刻《しはんとき》後のことである。

奥から出て来た、まだ寝間着姿の綸太郎の顔を見るなり、

「番頭はいるか」

とぞんざいに声をかけた。

「峰吉なら、まだ寝てるが……何かあったのどすか」

「何かあったから来たのだ。番頭を呼べ」

「――へえ」

綸太郎はすぐに二階に上がって、峰吉の寝間に入って揺り起こした。いつもなら、ちょっとした気配でも飛び起きるのに、死んだように眠ったままだ。妙だなと感じて何度も声をかけているうちに、痺《しび》れを切らしたのか、内海が断りもなく駆け上って来た。

「起きやがれ、この人殺し！」

と峰吉を蹴《け》り上げた。横腹に痛みが走って、ぼんやり目を開けた峰吉は、綸太郎と内海の姿を見て、びっくりしたように起きあがると、皺《しわ》になっている寝間着を整えながら、

「これは内海の旦那に、若旦那まで……どないしはったんですか」

内海はぐいと峰吉の肩を摑んで、床に押さえつけて、

「ちょいと自身番まで来て貰うぜ」

と乱暴な口調で言った。何が何だか分からない様子の峰吉だったが、抗《あらが》う様子もなく、大人しく従った。さらに、内海は続けて、綸太郎を振り返り、

「おまえさんもだ、若旦那。ついでに、丹生邦女から預かった、鬼丸とやらいう名刀も持って来て貰おうか」

「旦那……どうして、それを?」

綸太郎が首を傾げるのへ、内海はいいから黙って言うことを聞けばよいのだと語気を強めて、峰吉を引きずって行った。


神楽坂下の自身番に行くと、牛込見附の御門からも、なぜか番方が数人訪れて、周りを取り囲んでいた。まるで、大捕物でもあったかのような雰囲気である。

自身番の中では、峰吉が内海に厳しく問いつめられていた。

「おまえが、ゆうべ、鉄砲組組頭の神村様を訪ねたことは、とうに調べがついてるんだ。ああ、たまさか見た夜鳴き蕎麦《そば》屋もいるんだよ」

「へえ、それは……」

「それは何だ。おまえが殺したことは九分九厘間違いないんだ。それもまた、見た者がおるのでな。おまえと神村様が言い争っていたのを」

「そんな馬鹿な……私は、呼び出されて行ったまでで、殺しなんて」

「誰に呼び出されたのだ」

「それは……」

峰吉は傍らに座ってじっと見ている綸太郎をちらっと振り返って頭を下げた。

「呼び出されたんです。綾麿……錦小路綾麿に」

「そんな遅い刻限に、何故だ」

「すんまへん……若旦那」

と綸太郎に謝ってから、「実は、鬼丸を持って来いと言われまして、つい……でも、これは若旦那のためでっせ。決して金に目が眩《くら》んでのことやありまへん。ほんまどす、信じてくなはれ」

峰吉は懸命に言い訳を続けたが、綸太郎は苦笑して傍らの刀を包みから出した。

「〝鬼丸国綱〟ならここにあるぞ」

「ええ!?」

「おまえが持って行った、刀櫃に入れといたんは偽物。ただの真鍮《しんちゅう》や」

「そんな……」

「こういうこともあろうかと、天井裏に隠しといた。他人様から預かった、何ものにも代えられへん大切な物やからな」

「そ、そんな……」

愕然《がくぜん》となる峰吉を内海は睨《にら》みつけて、

「どうやら、おまえが盗み出すのを若旦那は見抜いていたようだな」

「…………」

「だが、その偽物の刀のせいで、一人の男が死んだ。おまえがやったのやないなら、誰がやったのや」

峰吉に殺しなんぞができるわけがないと内海は思っていた。見た者がいるというのも、奇妙な話だと思って、夜鳴き蕎麦屋などを改めて問いつめたところ、

「金で頼まれた……峰吉のせいにしろと」

と脅《おど》されてのことだと分かっていた。

峰吉は観念したように俯《うつむ》いて、

「私を呼び出したのは、さっきも言いましたが錦小路綾麿です」

「だったら、殺したのもそいつか」

「私には分かりません……ですが、もしそうだとしても不思議やありまへん」

「なぜだ」

「そりゃ、綾麿が鬼丸を欲しくなったからやないですか？　あの刀は妖気があると若旦那も言ってはった。多分、綾麿が欲しくなって、それで神村様と揉《も》めたんとちゃうやろか」

峰吉が自分の考えを惜《お》しげもなく言うと、内海は感心しながら聞いていて、

「では、綾麿は偽物を奪うために、人の命を奪ったというのか」

「はっきりは分かりません……ですが、もしかしたら、そうかと」

「なるほどな。ならば、すぐさま綾麿を探し出さねばなるまい。おい」

と内海は岡っ引に声をかけて、直ちに探索させた。

「峰吉……」

綸太郎は腰を上げて近づくなり、少しきつい声で、「おまえ、えらいことしてくれたな。幸い刀はこうしてあるが、それがためにまた人が死んだ。もう沢山や……モノのために人の命が散ってゆくのを、もう俺は見とうない。あんまりやないか……」

「すんまへん。私は、この刀があれば、若旦那に何か災いが及ぶと思うて……」

自身番の中に、得も言えぬ湿っぽい空気が広がるのを内海は感じて、

「若旦那。この鬼丸とやら、俺に預からせて貰うぜ」

「え……」

「よいな。もし、この刀を手に入れたいがために、綾麿が神村様を殺し、それを持って来た峰吉、おまえのせいにしようとしたのなら、真相を暴かねばならぬからな」

内海はそう断言した。鬼丸を預からねばならぬ理由にはなっていない。だが、その裏に

何かあると綸太郎は睨んで、渋々ながら承知した。

「ただし、内海さん。一筆、書いて貰いまひょ。この刀は、武州岡部藩の命運を握っているのやからな」

「武州岡部藩、な……それどころか、御公儀の命運を握る名刀と聞いたがな」

もっと深い曰《いわ》くがあるとでも言いたげに、内海がくすりと微笑んだ。

六

「待ってくれ……俺はあんたに頼まれたとおりに届けただけじゃないか。やめてくれ……俺が何をしたと言うんだ。今更、それはないだろう。か、勘弁してくれ、勘弁……」

暗闇の中でしゃがみ込んで、必死に命乞《ご》いをしていた錦小路綾麿は、恐怖のあまり涙と鼻水をずるずると流していた。そして両手を合わせて、哀願したが、目の前に現れた屈強な侍はおもむろに刀を抜き払った。シャリッと冷たい音がした。

「何が綾麿だ。今まで沢山の人たちを騙してきて、謝ろ、か。洒落《しゃれ》にもならぬ」

「お願いでございます。まさか、あの番頭が偽物の〝鬼丸国綱〟を持って来るなどと思ってもみなかったのです」

「そうよのう。おまえのせいではない」

「でしたら、どうか……」

「だが、おまえの素性もまったく分からぬ。公儀の手であちこち探してみたが、さっぱりとな。相州小田原宿の外れの村の出と言いながら、それも嘘であろう」

「ほ、本当です」

「一体、何処の誰なのだ。すっかり己の素性を消すとは、まさか、おまえは公儀に弓引こうとする、かの武州岡部藩の間者なのか」

「何をバカな……」

綾麿は懸命に、自分は〝別の世〟から来たから素性が分からないのだ、この世に存在しない人間なのだということを説明しようとしたが、相手にはうまく伝わらなかった。

「そうか。この世にいない人間か。ふん、ならば死んでも構わぬということか」

「そうではなくて、お願いです。御前様！」

と叫んだ次の瞬間、侍の刀は綾麿の首にストンと落ちた。まるで、首切り役人のような見事な腕で、綾麿の命を奪った。

近くの闇の奥で、ガサリともうひとつの影が動いた。

素早く振り向いた御前様と呼ばれた侍は、刀の切っ先を向けて、

「誰だ。出て来い」

と腹の底から燻《いぶ》り出すような声に誘われるように、路地から出て来たのは内海であった。内海も既に腰の刀を抜いている。柳生新陰流《やぎゅうしんかげ》の達人にして、

——油断ならぬ奴だ。

と感じていたからである。その切っ先は足下を差すような下段の構えであった。

「町方か」

「……何故に殺したのですか。訳を聞かせて貰いとうござる」

「こやつ、町人の分際で無礼を働いたからだ。しかも、この武家地でな」

摂津尼崎《せっつあまがさき》藩の青山《あおやま》の大名屋敷が並ぶところで、近くには梅窓院《ばいそういん》があった。かつて、藩主の青山幸成《ゆきなり》が住んでいたが、その戒名からついた寺名だという。侍が武家地と強調したのは、

——町方が余計な口を挟むな。

と牽制《けんせい》したかったからこそである。

だが、そんなことで怯《ひる》む内海ではなかった。かえって益々、刃向かっていきたくなる性分も秘めていた。

「その綾麿は、町方で目をつけてた男でしてね。実は、〝鬼丸国綱〟という名刀で、鉄砲

組組頭の神村様を……」

「言わずとも知っておる。だからこそ成敗したのだ」

「それはおかしな話ですね」

「なんだと？」

「神村様が殺されて見つかったのは今朝方、そして、〝鬼丸国綱〟のことは、まだ誰にも口外してないいんですがね、上役の与力はもとより、お奉行にも」

「……！」

「てことは、偽物だと知って怒りに任せて綾麿に殺させたのは、あんただな。鬼丸とやらを持って来いと。一体、誰なんです？」

軒提灯《ぢょうちん》も辻灯籠《どうろう》もない闇の中では、顔の輪郭すらハッキリしなかった。内海が半歩近づくと、相手は一歩下がり、

「控えろ。これは見なかったことにして、探索をやるがよい。むろん、下手人は分からぬとケリをつけよ」

「誰かも分からぬ人に命令されたくはありませぬな」

「聞いたら、おまえが困るだけだ」

「四の五の言わず、お名乗り下さい」

「ふむ。馬鹿がつくほど真面目な奴よのう。やむを得まい、大きな声で言えぬゆえ、ちと近う寄れ」

内海がわずかばかり近づくと、侍はいきなり刀を横払いしてきた。ハッと飛び退《すさ》った内海は刀を打ち落として、ぐいっと相手の喉元に切っ先を向けた。ほんの一瞬のことで、まるで槍のような長さに刀身が伸びたように見えた。

侍は脇差を抜いて闘う姿勢を見せたが、少しでも動けば喉仏をかっ切られる。一寸の間合いもないところに、内海の刀の先があった。

「動かない方がいいぜ。さ、誰か名乗って貰いやしょうかね」

と言いかけた内海はアッと目を見開いた。信じられないというふうに、ごくりと生唾《なまつば》を飲み込んでから、思わず刀を引いた。

「これは……お、大目付《おおめつけ》の堀部能登守《ほりべのとのかみ》様……」

堀部と呼ばれた男は、分厚い胸板をぐいと向けて、

「わしのことを知っておるのか」

「お忘れですか。北町の内海弦三郎にございます。いつぞや、江戸に潜り込んだある大藩の密偵を探し出すために、お奉行とともに極秘の探索を命じられたことがあります」

「ほう……」

あの時の同心かと、堀部は感心したように頷《うなず》いて、「どうりで腕が立つはずだ。もっとも、あの折は外に三人ほど同心がおったゆえ、顔ははっきり覚えておらぬがな」

「まさか今般も、隠密探索などと言うのではありますまいな」

「そのとおりだ。さっき、おまえが口にした〝鬼丸国綱〟を、上様も信じている丹生邦女に持ち込んだ武州岡部藩を探っておった」

「…………」

「黙っているところをみると、おまえも知っているようだな」

「しかし、綾磨は関わりないと思いますがね。どう見ても、あなたが〝鬼丸国綱〟を探させて、それに失敗したから殺したとしか思えませんが」

「それ以上、詮索《せんさく》するな……おまえだからこそ言うてやろう」

「何をです……」

「聞いて驚くな。その名刀をご所望しているのは、上様じゃ」

「ま、まさか……」

「おまえが信じようが信じまいが、それが事実だ。この綾磨は……」

と堀部は傍らに目を剝《む》いて倒れたままの綾磨を指して、「偽物を持って来たのはともかく、〝鬼丸国綱〟を利用して、自らが本阿弥家のように、徳川一族の中でのし上がろうと野望を抱いていた節がある」

「野望、ですと」

「ああ。この鬼丸には、〝鬼切安綱〟という相棒がいる。そいつと出会ったとき、時を支配できるのだ」

「時を……どういうことです」

「ふん。おまえのような、毎日、地べたを這《は》いずり回っているだけの人間には分からぬであろうが……」

と鋭く目を細めた。

「世の中を治めるのに、一番大切なのが何か分かるか」

「……慈愛です」

「ふはは。これはめでたい奴よのう」

「私とて、実践できているわけではないが、上に立つ者にはそれが一番、必要なのではありませぬか？」

「下らぬ。そんなものは、永遠に流れる時の前には、何の支えにもならぬ」

「時の流れ……」

「さよう。時を支配する者だけが、この世を司《つかさど》ることができるのだ」

内海は油断ならぬと刀を握り直して、じっと聞いていた。

「たとえば……中国の皇帝でも、我が日の本の帝《みかど》でも、まず第一に、時を支配してきたのだ。だからこそ、元号を制定した。それが権威、権力の証……時を制することができたから、武士、町人、百姓らを支配できた」

「俺はそうは思いませぬ」

「なんだと？」

「帝は民を支配しておりませぬ。徳川将軍が、古から営々と続く、和を尊ぶ民の総意として、政《まつりごと》をしているのではないでしょうか。つまり、帝は民とともにあるということです。決して、支配しているのではありませぬ」

「それもまた時を支配してるがゆえだ」

「だとすると、まさか……」

「そうよ。上様は、時を支配できる力を欲しがっている。それが、〝鬼丸国綱〟と〝鬼切安綱〟との合体で得られる」

「……？」

「不思議がるのも無理はない。幾ら名刀といえども、持つ者が持たねば力は発揮されず、時を支配することもできぬ」

「では、〝鬼切安綱〟という刀も、一緒に探しているというわけですか」

「いや。それは既に本阿弥家が持っておる。だからこそ、〝鬼丸国綱〟が欲しいのだ。おまえも幕臣の一人なら、上様の命令に従うがよい。もし、本物の〝鬼丸国綱〟を持っているのならば、すぐさま出すがよい」

まるで、綸太郎から預かっているのを知っているような言い草だった。いや、もしかしたら、知っているのかもしれない。それを承知で、様子を見ているに違いない。堀部とはそういう策士なのだ。内海はそう思うと、全身がガクガクと震えてきた。もちろん武者震いである。

——とんでもないことに首を突っ込んだ。

という思いと、今までと違う大きな事件を背負う不安が入り混じった震えだった。その心中を見透かしたように、堀部は言った。

「このまま同心稼業を続けたいか。それとも、もっと己の器量に相応しい立場になって、徳川幕府のためにその才覚を、いや天下国家のために、その身を捧げてみたいか」

「…………」

「捧げるという言葉が悪いなら、その手に権力の一端を握ってみたいとは思わぬか。それが時の支配だ。そのためには……」

「鬼丸と鬼切ですか」

「さよう。飲み込みが早い。分かっておるな。今宵の話は、ここだけのことだ。おまえに見込みがあると思ったからこそ、わしの本音も伝えたのだ。分かるな……」

堀部はゆっくりと間合いを取ると、息吹を吐きながら、内海を見据えた。

七

その日は朝から、篠突《しのつ》く雨だった。

今年は諸国では日照り続きで、江戸市中も土埃が激しかったが、沛然《はいぜん》と降る雨に打たれて、木々や草花にも潤《うるお》いが戻り、心なしか深い緑になったような気もする。

神楽坂『咲花堂』の格子戸が開いたとき、雨の飛沫《しぶき》が風と共に飛んで来て、淡色の暖簾《のれん》を湿らせた。入って来たのは簑笠《みのかさ》の侍だが、笠はあまり役に立っておらず、竿《さお》袋をした二本の刀はずぶ濡《ぬ》れで、羽織も袴《はかま》も形が崩れるくらいに萎《しお》れていた。

店番をしていた峰吉は、

「こんな日に来んでも……どうせ、ろくな客やないやろし」

と面倒臭そうに店の土間に降りて、内玄関まで来たが、その悲痛そうな真っ青な顔を見て、思わずのけぞった。

「上条綸太郎殿はおられるか」

「あ、はい……おたくは、どちらさんどす」

「これは申し訳ありませぬ。拙者、武州岡部藩、城代家老御側役、島倉又八郎《しまくらまたはちろう》という者でござる」

「あッ、あの鬼丸の！」

「はい。そのことで、火急の用があって参ったのです」

「へ、へえ。少々、お待ちを」

峰吉はえらいことになったと思いながら、二階で別の仕事をしていた綸太郎を呼びに上がった。その間、島倉は店内の書画骨董を見回していたが、あっと目を見張った。小さな桐の箱に、黄金色の鍔《つば》が置かれていた。独特な透かし鍔である。

すぐに降りて来た綸太郎に、島倉が挨拶《あいさつ》もそこそこに、

「上条殿。この鍔は……」

と尋ねかけるのへ、

「へえ。お気づきでしたか。それは、私が預かっていた〝鬼丸国綱〟の鍔ですな」

「そうですが、でも、どうして？」

「それよりも、今日はどのような用件でございますかな」

綸太郎が控えめな姿勢で訊《き》くと、島倉も元々、物腰が低いのか、

「ここではなんでございます。外は雨ですが、我が藩邸まで、ご足労願ってよろしいですかな。丹生邦女という占い師から預かったという」

「それが……その刀は、すでに本阿弥家に手渡っているとのことなのです。つまりは将軍家に渡っているんですすな」

「な、なんと⁉」

島倉は愕然となって膝《ひざ》から床に崩れると、なんとも情けない顔になって、遅かったかと拳を握り締めた。

何故、本阿弥家に渡ったかということを、島倉は詳細に訊こうとはしなかったので、綸太郎の方から簡単に説明をした。

北町同心の内海が、大目付に恫喝《どうかつ》されて、綸太郎から殺しの証として預かっていた〝鬼丸国綱〟を、そのまま横流しにする形で、本阿弥家に渡し、本阿弥家の手から将軍に渡ったことを話した。もちろん、その事は、後になって内海から話されたことであって、綸太郎は猛烈に抗議をしたが、肝心の持ち主の邦女が、

「上様に渡ったのなら、それはそれで名誉なことです。初めから本阿弥家が鑑定をしてく

れていれば、早く片付いた話なのに」

と言って、峰吉が預かっていた五百両を、そっくりそのまま受け取った。邦女は幾ばくかを『咲花堂』に払おうとしたが、綸太郎はこちらの失態が発端だということで、頑《かたく》なに拒《こば》んだ。

峰吉は、なんと勿体ないことをするのだと文句たらたらだったが、

「おや。あの刀があれば、この俺が妖気に祟《たた》られて、災いが起こる。それを止めるために、売り飛ばしたンと違うのか」

「若旦那……堪忍して下さいよ、もう」

「——というこっちゃ、島倉さんとやら」

暢気《のんき》そうに声をかけられても島倉は、愕然となったままで、恨めしそうに飾られている鍔を見上げた。

「この鍔、でしょ？」

と綸太郎はにこやかに笑いかけて、「そういうこともあろうかと、鍔を換えておいたのです。反りや刃のキレ、鎬《しのぎ》なども刀の命どすが、刀を活かすも殺すも最後は鍔しだいどす。装飾のためだけではありまへん。実戦のときには、鍔の強さや滑らかさで、まさに一寸の勝負が変わりますからな」

鍔迫《ぜ》り合いになったとき、相手の刃を受け止めたり流したりするので、致命傷を受けずに済む。その一瞬の差で、勝ちに導くことができるのである。

そして、もうひとつ別の意味があった。

「ええですか？　私がこの鍔を換えてたんは、霊力を消すためです」

「霊力を……」

「島倉さん。あなたが城代家老の命を受けて訪ねて来たのは、刀を取り戻すためでしょ？　邦女という占い師なんぞに頼まなくても、この刀さえあれば、徳川家に対抗できる。遅まきながら知ったのではありませぬか」

「その通りです。しかし……既に幕府が大金を払って、その占い師から買ったのであれば、どうしようもない」

「そもそも、なぜ占い師なんぞに頼もうと思ったのです」

綸太郎は情けなさそうに俯く島倉を励まそうとした。が、かえって誇りに傷をつけたようで、刀がないなら用はないと島倉は帰ろうとした。

「鍔がないと霊力が発揮されない。つまり、もう一振りの〝鬼切安綱〟と一対になったとしても、鍔が合わない限り、力は宿らないのどす」

「まことですか……」

「そのために換えたと言うたでしょ。ですから、何があったか知りまへんが、幕府とやり合う機会はまだまだ残されておりますのや」

　綸太郎の誠実そうな言葉に、島倉は一縷《いちる》の望みを託したくなったのか、瞳の奥を微《かす》かに輝やかせながら頷《うなず》いた。

「我が主君は、元々は北条家……ええ、鎌倉幕府五代執権北条時頼《ときより》の流れを汲《く》む家柄。にも拘《かか》わらず、わずか二万石の大名に甘んじて、幕閣にも名を連ねることはありませんでした」

　鎌倉幕府のことを持ち出すとは、いかに名門の武家とはいえ、常識を逸脱していると綸太郎は感じた。しかし、人というものは、今生きている人のみにて生きているわけではない。遠い先祖がいて、今の人間がおり、そして子孫へと繫《つな》がっていくものである。そのすべてが安泰であってこそ、本当の意味で〝人が生きる〟と言えるのである。

　だから、島倉の気持ちは分からぬではないが、結局は、自家を贔屓《ひいき》したいことの顕《あらわ》れにすぎまい。だが、綸太郎は黙って、相手の話を聞いていた。

　この二、三年、藩内は凶作が続き、年貢米もろくに実らなかったので、まるで飢饉《ききん》のような様相を呈していた。そこに目をつけた幕府は援助をするどころか、

「やりくりがつかぬなら天領にしてもよい」

と申し出て来たのである。

だが、藩主の為種《ためたね》公は、御家を潰《つぶ》すわけにはいかぬと頑なに拒んだ。幕府は旗本という形で残してもよいと提案してはくれたが、鎌倉以来の名家の誉《ほま》れが邪魔をして、承諾することはなかった。

逆に為種は、叶うならば、老中か若年寄になることを望んだ。幕政に参加して、自分の領国の有利な施策をしたいと思慮すると同時に、役料もあてにしていた。千石か二千石の上乗せは、そのまま家中の運営に使うこともできると考えたからである。

しかし、そのような都合のよい願いは、あっさりと拒絶された。名を残すか、領地を残すか。

その時は、まさか上様の狙《ねら》いが、〝鬼丸国綱〟だったとは、藩の誰もが気づかなかった。だから、藩の命運をどうするか、家宝の刀を売り払ってでも、当代随一の女占い師、丹生邦女に占って貰おうと、藩主が決断したのである。

「藩の命運を占い師にねえ……」

古代、人智の及ばないこと、殊に天候や気象によって左右される農業について、呪術的な占いによって豊作を願うのがふつうであり、その能力のある者が、村落の中心人物となった。それが巫祝《ふしゆく》であり、邪馬台国《やまたい》の卑弥呼《ひみこ》のように、呪術の能力を使って政を司ったのである。鬼道《きどう》に事《つか》えて能《よ》く衆を惑わしたとあるが、まさに、そのとおりである。

邦女という占い師が、そうとは思えぬが、少なくとも岡部藩主は、将軍が頼みにしているほどだからこそ、信頼したかったのであろう。だが、あまりにも安易な施策ではなかったか。

「丹生邦女の素性はきちんと調べてあるのですかな？　この神楽坂にあった『みちくさ』という小料理屋の酌婦やった」

「えっ……」

「その後、町辻に見台を出して、八卦《はっけ》や手相、顔相、方位吉凶などを占ってはったが、将軍の慶賀や老中の就任の折に、災いを事前に察知して取り除いたということで、絶大な信頼を得たという話や」

「酌婦だった……のですか」

「そうどす。ガッカリどすか？　でも、特殊な才覚のある者は、何処でどんな暮らしをしているかなど、分かりはしまへんえ」

「邦女……くに……まさかな……」

島倉の表情がみるみるうちに暗くなってくるのを、綸太郎は奇異な目で見ていた。

八

再び、綸太郎が丹生邦女の屋敷を訪れたのは、島倉が現れた翌日のことだった。

雨が上がったものの、地面には水たまりが沢山残っていて、歩くだけで一苦労だった。

どうしても邦女に一目会ってみたいという島倉の頼みゆえだ。

もちろん、擦り替えた鍔を武器にして、綸太郎は本阿弥家と掛け合うつもりである。その前に、武州岡部藩に対する占いがどうなのか、詳細に聞きたかった。

既に、江戸家老のもとには、邦女からの所見が文にて届いていた。

それは、藩の名の由来や自然、地理的な方位のこと、北条家の係累であること、幕府との関わりや財政、なにより現藩主が背負っていることを四柱推命や手相、顔相などを克明に調べた上で、

『幕府と正々堂々と闘うべし。突破するには、藩主が一命を賭けるしかない』

という結論に達していた。

その後に、具体的にどう闘うかが、ある程度、記されている。

つまりは藩主は幕府におもねるのではなく、理不尽に対して己の考えを命に代えてでも

貫くことが、唯一藩を救う道だというのだ。それこそが、武士の一分であって、ただ我を通すのとは違う。さすれば、諸藩の大名からも多くの賛同を得て、藩は体制を保つことができ、幕府からの援助も得られる。

そして、来年から五年間は、本命殺や五黄殺、さらには八将神の吉凶などで調べると、豊作に恵まれるという。ならば、急場をしのいでおけば、その先には明るい陽射しが差し込んでくるというものだ。

綸太郎は邦女の占いを聞いたときに愕然とした。邦女の〝覚悟〟を感じたからである。なぜ、そこまでするのか？　その本心を知りたかったのである。

三重塔を中心とした、まるで伽藍《がらん》のように配置された邸宅に、島倉は啞然《あぜん》と立ちつくしていた。そして、池に降り立つ水鳥の羽音に我に返り、

「いや……凄いですね、これは……」

と深く嘆息した。驚きというよりも、嫉妬《しっと》と羨望が入り混じった呆《あき》れた口調で、

「色々と人生訓を垂れながら、自分はかような贅沢三昧の暮らしに溺《おぼ》れてるのですか。へえ、そういうものですか」

島倉がそう呟いていると、側女《そばめ》が二人が来て、二人を三重塔の最上階に連れて行った。綸太郎は先日、登ったことがあるが、島倉がどう反応するか見物だった。

だが、綸太郎のある種の期待に反して、

「つまらぬ。悪い趣向だ」

とだけ島倉は言って、後は嫌味たらしく、ぶつぶつと続けた。

「我が藩には、一日に粥《かゆ》一杯さえ食べられぬ者がいる。折角、この世の中に生を受けたのに〝間引き〟される赤ん坊もいる。その一方で、かような贅沢をして尚《なお》、金を欲しがっている。そんな匂いがプンプンする……殿も家老も、一体、何を考えていたのか」

「………」

「今更、あの刀を取り戻せと言われても、それが何になるのでしょうや。そもそも、こんな生き様をしている邦女という占い師に、北条家から伝わる家宝の名刀を与えてまで、藩の行く末を占って貰う値打ちがあったのでしょうか」

と島倉は実に悔しそうに拳を握り締めた。それは占い師に対する怒りではなく、藩政を自らの決断力や解明力で乗り切れなかった、藩主と重臣たちへの憤懣やる方ない思いだった。

一陣の川風が舞い起こったとき、足音もなく、邦女が入って来た。

まるで尼僧のような姿で、上座に座った邦女を、島倉は睨みつけるように見ていたが、その目が俄《にわか》に凝然となった。綸太郎もその様子に気づいたが、邦女は素知らぬ顔をしていた。いや、勘づきはしたが、あえて淡々と構えているようだった。

「よう、おいでなされた」

邦女は月光のような微笑みを湛えている。

「突然に申し訳ないどすな。今日、お連れしたのは、武州岡部藩城代家老御側役、島倉又八郎様でございます」

と綸太郎は紹介したが、島倉は射るように邦女を見据えたまま視線を離さない。

「島倉さん……？」

綸太郎が促《うなが》すように声をかけると、島倉は突然、何がおかしいのか笑い出した。次第に高笑いになってきて、終《しま》いには腹を抱えて身を捩《よじ》って涙すら浮かべていた。

その様子を邦女は哀愁を帯びた目で見つめているだけで、何も言おうとはしなかった。

綸太郎は業を煮やしたように、

「いい加減にしたらどないどす、島倉さん」

「これが笑わずにおられるか。上条さん。あんたから、神楽坂の酌婦だと聞いたとき、もしやとは思っていたが、アハハ、酌婦どころか、こいつは女郎だ。ああ、女郎中の大女郎様よォッ」

と明らかに侮蔑《ぶべつ》した顔で、島倉は唾を吐き捨てるように言った。

だが、邦女の方はやはり淡々と相手を眺めているだけであった。何か言いたそうであり、さりとて親交を深めたいというような態度でもなかった。

島倉はしばらく高笑いをしていたが、しゃっくりをするように声が引いたかと思うと、突然、立ち上がって、邦女の前に立った。

「おまえも笑え、おくに！　腹の中は大概、分かっている。おまえは俺を笑い者にしたいのであろう。俺が来ることを承知していたのであろう？」

「いいえ。さっき、初めて気づきました」

倫太郎はやはり、この二人は知り合いだったかと承知した。

「そうか。それなら、それでいい。どうだ。今の俺は情けないか。ああ、情けないを通り越して、哀れに思っているのであろうな」

と島倉はしっかりとした声で続けた。

「なんだ、その人を蔑《さげす》んだ目は……何年ぶりかに昔の男に会って、あまりにも惨《みじ》めなので、嬉しいか。こっちは貧乏侍、そっちは天下の将軍様も崇める女占い師、丹生邦女様々だ。しかも、このように富を築いている……はは、どうやって、男をたらし込んだ。えっ、あの甘ったるい声で、何人の男と寝た。将軍様も騙す手練手管はどのようなものか、一度、見てみたいものだな」

一気呵成《いっきかせい》に、人を貶《おとし》めるような下卑《げび》た声で話すと、島倉は今にも殴りかかりそうな勢いで拳を振り上げたが、それはなんとか自分で抑えきったようだ。元の席に戻るのへ、邦女は情けをかけるような声で、

「変わりませんね」

「なんだと」

「このような家臣を持っていては、お殿様の胸中を察するに余りあります」

「おくに、貴様！」

カッとなる島倉を相変わらず、邦女は穏やかな目で眺めながら、

「お預かりした名刀〝鬼丸国綱〟は必ずや、お返し致しましょう。私は刀剣のことはよく分からないので、綸太郎さんに相談しましたが、その家宝の刀がなければ、幕府と戦えないのではないですか？」

「…………」

「敵に武器を差し出すようなものですものね。逆に、幕府……つまり本阿弥家が持っている、もうひとつの名刀〝鬼切安綱〟というのも、取り返してあげましょう。元々は、いずれも北条家の守り刀だったのでしょ？」

「ああ……」

「だったら、どんなに金を使っても……たとえ、私の身代を全て擲《なげう》ってでも、その二本《ふたもと》の刀を手に入れましょう。あなたのために」

淡々とだが、そう宣言した邦女の顔に嘘はないと綸太郎は思ったが、

――何故、自分の全てを捨ててでも、島倉という男のために尽くすというのだ。

と気になった。島倉の方は、ばかばかしいと苦笑を浮かべていたが、邦女は揺るぎない眼差しを投げかけていた。

「おくに……冗談はよせ」

「本当でございます。こうやって、ようやく会えた……あなたから会いに来てくれた。私はそれで満足なのです。それが本心です。又八郎様……」

邦女の瞳の奥に、初めて感情の光が微かに燦めいた。艶やかな女の目だった。

九

それから、わずか数日後に、〝鬼丸国綱〟と〝鬼切安綱〟の両刀は、永田馬場山王脇《ながたばばさんのう》にある武州岡部藩江戸屋敷に、公儀武具奉行の手によって持ち込まれた。

表向きは、将軍から、忠誠を誓った岡部藩主への褒賞という形を取ったが、それは邦女

の占いによって決定したことだった。

『北条家の流れを汲む岡部藩と事を構えることは、今も営々と続いている武家社会全体をないがしろにすることに等しく、幕府の弱体を揶揄《やゆ》されてもしかたがない。しかも、鬼丸、鬼切という、北条家ゆかりの宝刀を無為に所持したるは、破滅以外のなにものでもない。上様のためなら、私の全財産を擲って、その二本の刀を買ってでも、将軍家の災禍を免れるよう祈禱《きとう》したい。我が身が滅びてもよい』

と邦女は切々と述べた。そして、本当に十数万両あると言われる私財を投げ出した。

その態度に、将軍や幕閣は逆に恐れをなして、鬼丸、鬼切の名刀を、岡部藩に戻したのだった。

そんな事があって、さらに数日経った、夏の風の強い夜だった。

邦女の屋敷から、火の不始末だったのか、小火が起こり、空気が乾燥していたこともあって、炎はどんどん広がって、三重塔は紅蓮《ぐれん》の炎に包まれた。天に届くかと思われるほど、まっすぐ空に伸び、三日三晩、燃え続けた。

もちろん、蔵代わりにしていた裏堂の書画骨董の類もすべて焼失し、邦女自身も、いずこかへ消えてしまった。何処かに逃げ延びたとも言われたが、その姿を見た者は誰もいない。

ほんの一瞬の夏の花火のように、邦女という大輪の花が消えてしまった。

そんな夕暮れ――。

ずらりと夜店が並ぶ神楽坂を、綸太郎と桃路が歩いていた。打ち水が涼しく、路地に入った長屋などでは、端居といって、縁側に出て庭の梢《こずえ》にそよぐ風を楽しんでいる人々も多かった。

「ねえ、若旦那……邦女さん、何処に行ったんでしょうね。火事で亡くなったなんてことは、信じたくない」

「そうやな……」

「にしてもよ、どうして邦女さんは、そこまでできたんでしょうねえ。たった、一人の男のために、全財産を……そんなこと、できますか？」

「俺には分からへん。むしろ桃路、女のおまえの方が気持ちが分かるのと違うか」

「さあ、どうでしょう」

「邦女は俺に、あの時、島倉さんを連れて行った日の夜、こっそり『咲花堂』まで会いに来たのや。そして、俺が擦り替えていた鍔を金を積んでもいいからと欲しがった。俺は当然、返した。岡部藩から占い料として邦女が貰ったときから、あの女のものやからな」

「ええ……」

「その時、邦女はこんな話をしたのや」

綸太郎はその時の様子を、まるで自分の思い出話でもするように淡々と語った。

「邦女は、おまえが知ってるとおり、神楽坂は三日月小路にある『みちくさ』で酌婦をしていた。その折、浪人だった島倉……それは養子に入ってからの名だから、その前は、嘉《か》山《やま》又八郎だが、二人は恋に落ちたそうだ」

「恋に……」

「お互い心底、惚《ほ》れ合った。だが、又八郎はつまらぬ喧嘩に巻き込まれて人を斬って、島流しになりそうになった。だが、知り合いの旗本が仲裁に入ってくれて、甲府《こうふ》勤番の身分を与えられた上で、さらに蝦夷《えぞ》の松前《まつまえ》に流された。つまりは島流し同然だった」

島流しは終身刑である。だが、邦女は必ず帰って来ると信じて、酌婦をして待っていた。いつ帰って来るかも分からぬ人を待ち続けることは、大変な精神的苦痛を強いられる。しかし、又八郎はもっと辛《つら》いであろうと思うと唇を噛《か》んで我慢ができた。

年に何度かの文のやりとりが唯一の心の支えだった。しかし、松前からさらに奥地へ赴任させられると、まさに音沙汰《おとさた》がなくなった。

それから三年、五年と月日が経った。

しかし、残酷な報《しら》せが待っていた。同じ、松前に行っていた御家人から、

――又八郎は死んだ。

と聞かされたのである。邦女は頭がおかしくなりそうだった。自棄《やけ》酒が増え、寂しさから言い寄って来る男に身を任せるようになっていた。

それでも、もしかしたら、又八郎が帰って来るかもしれないという一心で、神楽坂から離れることはできなかった。やがて、ただの酌婦から、本当に春をひさぐような女になっていった。

ところが、皮肉なことに、ある雪の夜、又八郎は帰って来た。

客引きをしている邦女の姿を見た又八郎は、辛い思いをさせたと慰《なぐさ》めるどころか、自分の悲惨だった日々を語るだけ語ってから、

『おまえが、こんな売女《ばいた》だとは思わなかった。これまでだ』

と引導を渡した。それでも、又八郎の方にも心残りはあって、邦女を抱きに来るようになった。大抵は酒の勢いを借りてのものだった。それでも、邦女は嬉しくて、相手をした。いわゆる〝チョンの間〟という、短い逢瀬《おうせ》である。『みちくさ』という小料理屋の二階では、そういうことをさせるようになっていたのだ。

ともしびの　光にみゆる百合花　後《ゆり》も逢はむと思ひ初《そ》めてき

という内蔵縄麻呂という人が作った万葉歌がある。〝ゆり〟には、後で逢うという意味があって、それは花がすぼむと花弁が重なることから、また逢うということの象徴として使われた。

再び逢えることを邦女は信じて疑わなかったが、こんな形になろうとは思ってもみなかった。だが、会う形がどんなであろうとも、又八郎と共に過ごせる女の喜びはあった。

しかし、そんな逢瀬が長続きするはずもなかった。

又八郎は知人を介して、岡部藩への仕官が決まった。しかも、次席家老島倉家に婿《むこ》入りすることで、将来も確約された。だから、又八郎はすがる邦女などかなぐり捨てて、目の前から姿を消したのである。

また自棄酒暮らしに戻る邦女だったが、これではいけないと客の誰かに諭《さと》されて、町辻で占いをすることになった。思いつきではなかった。邦女は幼い頃から、不思議な体験を幾度もしていた。たとえば〝いたこ〟のように死人と話ができたり、先のことが見えたり、人の災禍を回避させられたり。

だから、少しでも人の役に立つことによって、自分の心を慰撫《いぶ》したいと考えたのだ。

町辻に毎日のように座っていると、酌婦や遊女をしているときよりも、人のことや世間のことが見えてくる。その面白さもあった。そして、自分よりも悲惨で可哀想な人が沢山いると感じたのだった。

しかし、邦女とて一人の煩悩の塊の女である。ひょんなことから、幕閣や大名、豪商などの占いをしたことで、思いも寄らぬ莫大な金が懐に入るようになった。まさに濡れ手で粟《あわ》の状況になった。初めは怖かったが、慣れというものはもっと怖いもので、自分は将軍の命運をも左右する偉い人間だと思うようになったのである。

それを利用して来る腹黒い人々もいた。だから、邦女はどんどんと深みにはまった。どうせ、失うものはないのだ。いつしか、贅沢をしたいがために、口から出任せの占いをすることにもなった。つまり、自分がそれほどの人間ではないということは、己が一番知っていたのである。

そんな時である。岡部藩から依頼があった。

又八郎のことなど、正直、忘れていたが、図らずも思い出した邦女は、

『今こそ、岡部藩を潰《つぶ》して、又八郎を路頭に迷わすか、それとも、自分に跪《ひざまず》かせてでも、救って下さいと言わせるか』

と迷った。だからこそ、論太郎に刀剣鑑定の依頼をしたのだった。本物か偽物かで、方策が変わるからである。

ささやかな、又八郎への仇《あだ》討ちだった。

しかし、綸太郎に連れて来られた又八郎に会った瞬間、邦女の体に滞《とどこお》っていたものが、一挙にすべて流れ出た。あらゆるものが、いっぺんに溶けてしまった。

「……邦女は後で、俺にそう言ったのや」

と綸太郎はしみじみと言った。

「なんとなく、分かるような気がする。もういいわ。これで、いいんだ。仕方ない……これでいいって感じを、女は持つものなのよね。すべてを許すのとは違う。諦《あきら》めとも違う。納得したのとも違う。でも、それでいいって、そんなふうになることがあるのよ」

「そうなのか」

「ええ……」

「だったら、あの時……三重塔で、島倉さんに会ったときに見せた顔は、そういう気持ちの表れだったのかもしれへんな」

綸太郎は、あの時、島倉の前で、

『こうやって、ようやく会えた……あなたから会いに来てくれた。私はそれで満足なのです。それが本心です。又八郎様……』

と言って瞳を輝かせていた邦女の真意が理解できた気がした。

「その気持ち、邦女さんは、島倉さんに伝えたのかしら？」

「さあな。そやけど、俺は島倉さんも気づいたと思うで」

「そうかしら」

「ああ。そして、邦女があの立派な屋敷を燃やしたのは……もしかしたら、当代随一の女占い師の身を捨てて、島倉とどこかでひっそり暮らしたいという思いからだったのかもしれへんな」

と綸太郎は遠い目になった。

その横顔を桃路はじっと見つめていた。どうして、邦女のことをじっくりと話したのか、桃路には分かるような気がした。

「……後《ゆり》も逢はむ、か。ねえ、若旦那。私たちは、いつも会っているのに、本当は会ってなかったんじゃないかしらね」

「え？」

「後も逢はむ……」

そっと嚙みしめるように桃路は言うと、すっかり暮れなずんだ神楽坂の迷路のような細い路地に消えていった。ふいに桃路の姿を見失った綸太郎は、

「桃路……？」

薄明かりの続く黒塀の小径へ、ゆっくりと歩み入った。

一〇〇字書評

切り取り線

購買動機（新聞、雑誌名を記入するか、あるいは○をつけてください）	
□（　　　　　　　　　　　　）の広告を見て	
□（　　　　　　　　　　　　）の書評を見て	
□ 知人のすすめで	□ タイトルに惹かれて
□ カバーがよかったから	□ 内容が面白そうだから
□ 好きな作家だから	□ 好きな分野の本だから

●最近、最も感銘を受けた作品名をお書きください

●あなたのお好きな作家名をお書きください

●その他、ご要望がありましたらお書きください

住所	〒				
氏名		職業		年齢	
Eメール	※携帯には配信できません	新刊情報等のメール配信を 希望する・しない			

あなたにお願い

この本の感想を、編集部までお寄せいただけたらありがたく存じます。今後の企画の参考にさせていただきます。Eメールでも結構です。

いただいた「一〇〇字書評」は、新聞・雑誌等に紹介させていただくことがあります。その場合はお礼として特製図書カードを差し上げます。

前ページの原稿用紙に書評をお書きの上、切り取り、左記までお送り下さい。宛先の住所は不要です。

なお、ご記入いただいたお名前、ご住所等は、書評紹介の事前了解、謝礼のお届けのためだけに利用し、そのほかの目的のために利用することはありません。またそのデータを六カ月を超えて保管することもありませんので、ご安心ください。

〒一〇一－八七〇一
祥伝社文庫編集長　加藤　淳
☎〇三（三二六五）二〇八〇
bunko@shodensha.co.jp

祥伝社文庫

上質のエンターテインメントを！　珠玉のエスプリを！

祥伝社文庫は創刊15周年を迎える2000年を機に、ここに新たな宣言をいたします。いつの世にも変わらない価値観、つまり「豊かな心」「深い知恵」「大きな楽しみ」に満ちた作品を厳選し、次代を拓く書下ろし作品を大胆に起用し、読者の皆様の心に響く文庫を目指します。どうぞご意見、ご希望を編集部までお寄せくださるよう、お願いいたします。

2000年1月1日　祥伝社文庫編集部

あわせ鏡《かがみ》　刀剣目利《とうけんめき》き　神楽坂咲花堂《かぐらざかさくはなどう》　時代小説

平成19年4月20日　初版第1刷発行

著者　井《い》川《かわ》香《こう》四《し》郎《ろう》

発行者　深澤健一

発行所　祥《しょう》伝《でん》社《しゃ》
東京都千代田区神田神保町3-6-5
九段尚学ビル　〒101-8701
☎03(3265)2081(販売部)
☎03(3265)2080(編集部)
☎03(3265)3622(業務部)

印刷所　堀内印刷

製本所　ナショナル製本

ISBN978-4-396-33348-5　C0193

祥伝社のホームページ・http://www.shodensha.co.jp/

祥伝社文庫

藤原緋沙子　火の華《はな》　橋廻り同心・平七郎控

橋上に情けあり。生き別れ、死に別れ、そして出会い。情をもって剣をふるう、橋づくし物語第二弾。

藤原緋沙子　雪舞い　橋廻り同心・平七郎控

一度はあきらめた恋の再燃。逢えぬ娘を近くで見守る父。――橋上に交差する人生模様。橋づくし物語第三弾。

藤原緋沙子　夕立《ゆだ》ち　橋廻り同心・平七郎控

雨の中、橋に佇む女の姿。橋を預かる、北町奉行所橋廻り同心・平七郎の人情裁き。好評シリーズ第四弾。

藤原緋沙子　冬萌え　橋廻り同心・平七郎控

泥棒捕縛に手柄の娘の秘密。高利貸しの優しい顔――橋の上での人生の悲喜こもごも。人気シリーズ第五弾。

藤原緋沙子　夢の浮き橋　橋廻り同心・平七郎控

永代橋の崩落で両親を失い、深い傷を負ったお幸を癒《いや》した与七《よしち》に盗賊の疑いが――橋廻り同心第六弾！

小杉健治　白頭巾　月華の剣

大名が運ぶ賄を夜な夜な襲う白い影。新たな時代劇のヒーロー白頭巾。その華麗なる剣捌きに刮目せよ！